बलि

[नाटक]

बलि

गिरीश कारनाड

अनुवाद

रामगोपाल बजाज

राधाकृष्ण प्रकाशन

ISBN : 978-81-8361-797-0

बलि

पहला संस्करण : 2015
दूसरा संस्करण : 2018

मूल्य : ₹ 299

प्रकाशक
राधाकृष्ण प्रकाशन प्राइवेट लिमिटेड
जी-17, जगतपुरी, दिल्ली-110 051

शाखाएँ : अशोक राजपथ, साइंस कॉलेज के सामने, पटना-800 006
पहली मंजिल, दरबारी बिल्डिंग, महात्मा गांधी मार्ग, इलाहाबाद-211 001
36 ए, शेक्सपियर सरणी, कोलकाता-700 017

वेबसाइट : www.radhakrishnaprakashan.com
ई-मेल : info@radhakrishnaprakashan.com

मुद्रक
बी.के. ऑफसेट
नवीन शाहदरा, दिल्ली-110 032

BALI
Play by Girish Karnad
Translated by Ramgopal Bajaj

लेखक की ओर से

भारत के सांस्कृतिक व राजनीतिक अस्तित्व में अहिंसा के महत्त्व को बड़ी स्पष्टता से महात्मा गांधी देख पाए थे। उनकी समझदारी व संवेदना के प्रति यह नाटक हमारी प्रणति है। हिंसा भारतीय इतिहास में विमर्श का केन्द्रीय विषय रही है। ब्राह्मण होताओं द्वारा संचरित वैदिक अग्नि होम आहुतियों में नैवेद्य (प्रसाद) के लिए पशु की बलि होती थी। जैन दृष्टि में यह अपरुचिकर व हेय कर्म था। किसी भी प्रकार की हिंसा, चाहे कितनी भी नगण्य अथवा कुसंयोग से भी क्यों न हो—उसमें भाग लेने का अर्थ है—उस व्यक्ति का मानवीय मर्यादा के स्तर से नैतिक पतन। कालान्तर में बौद्धों ने भी अहिंसा का समर्थन किया लेकिन अपने दार्शनिक दृष्टि-बिन्दु से ही।

इस द्वैध अन्तर का कुछ समाधान तब हुआ जब ब्राह्मणों ने भी रक्तबलि का त्याग किया और बलि के लिए जीवित पशु के स्थान पर छोटे-छोटे, आटे के पुतले बनाए जाने लगे। यह प्रथा आज तक समाज में रीत की तरह चली आई है। फिर भी जैनियों का तर्क था—'ये तो कोई समाधान नहीं हुआ'। हालाँकि कोई पशु नहीं काटता, कोई मांस-भक्षण नहीं होता—किन्तु आटे के पुतले, वास्तविक पशु-जीव की ही अनुकृति तो हैं न? यहाँ मूल हिंसा-वृत्ति को स्पष्ट रूप से जीवित देखा जा सकता है। और फिर आटा ही क्यों? मिट्टी या चूना आदि से भी पुतला बन सकता है। किन्तु प्रसाद-नैवेद्य-चढ़ावा तब सार्थक

होता है जब वह देवता के भक्षण के योग्य हो—अर्थात् पकाया जाए और लोग प्रसाद की तरह खा भी सकें। इस प्रकार पुरोहितों ने वास्तविक हिंसा को मानसिक हिंसा द्वारा केवल स्थानांतरित कर दिया था। जैनियों के मत में यह कम अमानवीय न था। इस तर्क ने विवाद को बहुत जटिल और नैतिक घुमाव में डाल दिया। जैन मतवाद का प्रश्न है : क्या उद्देश्य की हिंसा व्यक्ति का उतना ही पतन नहीं करती, जितना कि वास्तविक हिंसा? अर्थात् कोई जन नैतिक रूप से दोषी नहीं क्योंकि उसने केवल मानिसक रूप से क्रिया की। वास्तविक जीवन में उसने वह कार्य नहीं भी किया—तो भी क्या वह इस प्रकार स्वयं को अपने अँधेरे अन्तरजगत में बन्दी नहीं बना लेता—एक अपराध बोधी अस्तित्व में; जहाँ मुक्ति की कोई आशा भी नहीं रह जाती।

बलि की रचना के लिए मैंने सामग्री ली, तेरहवीं सदी के कन्नड़ महाकाव्य ज्ञान रचित 'यशोधरा चरिते' से। ज्ञान ने वदीराज के ग्यारहवीं सदी के महाकाव्य से लेकर नौवीं सदी के संस्कृत काव्य 'यशस्तिलक' (रचयिता सोमनाथ सूरी) का सन्दर्भ याद किया है। कथा के कुछ तत्त्व पहली शताब्दी तक पाए गए हैं। कहानियों और गाथाओं की भारतीय संस्कृति में बहुस्तरीय भूमिकाएँ रही हैं। अनेक महानुभावों में से एक, स्वर्गीय प्रोफेसर बिमल कृष्ण माटीलाल (ऑक्सफोर्ड) ने कहा था—महान प्रबन्धकाव्य और बहुत कुछ का मूल स्रोत होने के अलावा उस तत्त्व का भी महती भाग होता है, जिसे हम भारतीय परम्परा की नैतिक चिन्ताधारा नाम देते हैं। भारत के सिद्ध दर्शनवेत्ताओं ने पिछले दो हजार वर्षों में कदाचित ही उस पर कभी संवाद किया जिसे हम आजकल नैतिक दर्शनशास्त्र कहते हैं। नैतिक मूल्यों, नैतिक द्वन्द्व और उलझनों के प्रसंग में स्वयं परम्परा भी बहुत आत्मसजग रही है। उन कठिनाइयों के प्रति भी साकांक्ष रही जिन्हें हम व्यावहारिक कारण अथवा व्यावहारिक समझदारी कहा करते हैं। इसी आत्मसजगता (साकांक्षता) ने

महाकाव्यात्मक कहानियों और आख्यान साहित्य में अभिव्यक्ति पाई।

['मोरल डायलेमा इन द महाभारत', शिमला एंड न्यू देल्ही, 1989]

'आटे का कुक्कुट' (Cock of dough) के आख्यान या मिथक से मेरा परिचय जब हुआ तो मैं बीस से भी कम का था—तरुणाई आ रही थी तभी से अब तक नाट्य लेखक के तौर पर मेरा 'कैरियर' इस कुक्कुट के कई आलेखों, पुनरालेखों से अटा पड़ा है। लेकिन अब पलटकर देखता हूँ तो आनन्द भी होता है कि अच्छा ही हुआ कि पहले पूरा न कर सका, और समापन छलता रहा मुझे। इसी क्रम में समय जरूर बीतता गया लेकिन ये कथा मुझ पर नए-नए, अप्रत्याशित अर्थ खोलती रही। हालाँकि इन भिन्न आलेखों के कई संस्करणों का मंचन भी हुआ। इससे कथा के साथ मेरे सामंजस्य में मदद भी मिली। सो अब हिन्दी में इसकी आरम्भिक प्रस्तुति को याद करना आवश्यक है जिसे पंडित सत्यदेव दूबे ने तैयार किया था। भागीदार कलाकार थे—नसीरुद्दीन शाह, रत्ना पाठक शाह, सुनीला प्रधान और सत्यदेव खुद।

इस नाटक को मैंने कई बार अथ से आरम्भ किया है। और अब एक बार फिर पलटूँगा जब 'लेसिस्टर हेमार्केट थियेटर' ने मुझे उनके लिए लिखने को कहा है। यहाँ कृतज्ञतापूर्वक धन्यवाद है वायु नायडू को, जो कि कमिशनिंग प्रोड्यूसर थे और नोना शेप्पर्ड को शुक्रिया जिन्होंने मेरे साथ सहयोग किया और ड्रामाटर्ग के रूप में मेरी मदद की। प्रसन्नता है कि नसीरुद्दीन और रत्ना फिर से इस नाटक में आए, लेकिन इस बार महावत और राजमाता की भूमिका में, न कि राजा-रानी के रूप में। इस प्रस्तुति में दो वर्षों का समय लगा और उसी दौरान नसीरुद्दीन ने 'मानसून वेडिंग' फ़िल्म में अभिनय किया और अन्तर्राष्ट्रीय ख्याति मिली उन्हें। कभी-कभी सितारे यों भी आपके साथ हो जाते हैं।

मैं अन्ततः नीलम सिंह का भी आभार अवश्य मानूँगा,

जिन्होंने मेरे कई-कई आलेखों को टाइप करने का धीरज रखा। मैं अनगिनत सुधार व उलटा-पुलटा करता और वे हँसते हुए पुनः-पुनः टंकन करके ले आते।

धन्यवाद।

लन्दन

—गिरीश कारनाड

'बलि' के अंग्रेजी संस्करण की पहली प्रस्तुति लेस्टर के हेमार्केट थियेटर में 31 मई, 2002 ई. को हुई। पात्र-नेता निम्न थे—

नसीरुद्दीन शाह	:	महावत
नीव टेलर	:	रानी
गेरी टर्नर	:	राजा
रत्ना पाठक शाह	:	राजमाता
(गायक-सूत्रधार	:	केवल स्वर)
निर्देशक	:	नीना शेपार्ड
मंच योजना	:	मार्शा रौड्डि
संगीत	:	एंड्रयू डौज
ध्वनिविधान	:	स्कॉट ज्यौर्ज
निर्माण	:	वायु नायडू
प्रस्तुति	:	हेमार्केट थियेटर, लेस्टर, यू.के.

बलि

रानी : यह संसार विभाजित दो गोलार्द्धों में—दीप्त एक दिवाकर से, दूजा छुपा गहरी छाया में—
इसी तरह आत्मा खंडित दो भागों में—जो कि देवों का घर है।
एक देव है ऐसा—रक्त, कालिमा अथवा खड्ग की दमकती धार प्रिय है जिसको—काटती मांसल मेमने झट-देवता के नाम वह—।
दूसरे भाग पर शासन चलता उन महाशक्तियों का जो दे तुमको साँस भर रुकने का क्षण—कि उगती कोंपलों पर चक्कू नहिं मारो—हवा में ताली बजाते क्षण भी—जीव की हानि ना हो—इतना विचारो।

[रोशनी तेज होती है—पूरा मंच दीखता है। जीर्ण मन्दिर का अन्त:भाग, एक ऊँचा पटल सुरक्षित। प्रतिमा के शेष पैरों से लगता है—मूर्ति कभी खड़ी रही होगी। समक्ष नीचे पत्थर की पीठिका—धूप, गुग्गलु फूल आदि पूजन सामग्री—चढ़ावे का स्थान। नाटक के आरम्भ में पूरा अन्धकार। हमें केवल दो अस्पष्ट आकृतियाँ दिखती हैं—गर्भगृह में। ये महावत और रानी हैं। एक-दूसरे से अलग बैठे हैं। सन्नाटा। राजा का प्रवेश मन्दिर के बाहरी भाग में। प्रांगण में। राजा के हाथों में मशाल है। वह आकर बाहरी सीढ़ियों पर बैठता है। उधर भीतरी भाग में दोनों राजा की उपस्थिति से अनजान हैं।]

राजा : तो हम कथा का श्रीगणेश करते हैं—किसी भी कथा में राजा-रानी सिंहासन पर बैठे आपस में घुले-मिले दीखने चाहिए—रानी होवे राजा की गोद में—राजसी चित्रपट के अर्द्ध मंडलपट में रानी—या फिर परस्पर लिपटी हुई शय्या में—निश्चय बन जाती वह चतुरभुजी-छवि—देवी। अंग चलाती, हाँफती हुँकारती—धरा मंडल के कल्याण को। किन्तु—काल कुछ ऐसा विपरीत—यहाँ राजन् बैठे हैं—एकाकी—निर्जन, बाहर—सीढ़ी पर—लम्बी-लम्बी साँसों की चोट सहते—जबकि रानी विवश बन्दी है—प्रेमी की जंघाओं के बीच—लाचार बेचारी—हाय!

रानी : जाने दो मुझे! *(खामोशी)*—कृपा करो!

महावत : जा! (रानी चलती है) पर जाने से पहले अपना नाम बता दे। *(खामोशी)* अब बोल भी—तू भी काहे को ऐसी अटकी पड़ी है?

रानी : मेरे नाम की आवश्यकता क्या है तुम्हें?

महावत : ओहो—बताया तो तुझे! *(खामोशी)*

रानी : कृपा करो...देर हो रही है। मैं चिन्ता में हूँ। जाने दो!

महावत : बस्स एक नाम—कोई भी नाम चलेगा! ज़्यादा औरतें यहाँ ऐसे टाँगें फैलाने से पहले ही कोई-न-कोई नाम बनाकर आती हैं।...लेकिन तू जो है न...! *(खामोशी)*

अच्छा तुझे एक बात बताऊँ...तूने मुझको ठीक से देखा भी नहीं—अब तक।...मैं कुरूप हूँ। वो—चमगादड़ से भी कुरूप। मुझे पता है। लेकिन मुझे औरत मिल जाती है—बहुत सारी औरतें! जब चाहा—जब जरूरत हुई, औरत चाहिए...तो मेरे कंठ के सुर ने मुझे कभी निराश नहीं किया।...वैसे उनके कोई भी नाम याद नहीं—अब!

रानी : तो मेरा नाम जानकर क्या होगा?

महावत : कुछ भी हो...लेहाज-कायदा भी तो होना चाहिए, बस्स। नहीं क्या?...एक रसम—खानापूरी। ऐसे किसी औरत के साथ सिर्फ़ सोना...फिर वो चली भी जाए इसी तरह...वा!

इसलिए पूछा करते हैं—आप का नाम ?...वो कोई भी नाम बोल देती है...बात पूरी हो जाती है—बस्स! लेकिन तू? नाम पूछतेई कैसी—तनतन—कैसे तो कुंडली ऐंठी है...जैसे मैंने कोई थप्पड़ मार दिया हो। अँधेरे में भी मुझे इतना समझ में आ रहा था।...अरे हमने—वो कुछ तो कर लिया—फिर भी...देवा! मुझे साँस घुट रही है इधर...मैं जरा वो खिड़की खोलता हूँ।

रानी : सुनो...मुझे खुली वायु चाहिए...अबेर भी हो रही है। और नहीं रुक सकती यहाँ।

कृपया मुझे जाने दो। हम दोनों अपने-अपने पथ पर अलग चले जाएँगे—और फिर परस्पर—कभी मिलेंगे भी नहीं।

महावत : तभी तो तेरा नाम चाहिए मुझे।

रानी : और नाम मैं बताऊँगी नहीं। *(खामोशी)*

सम्भवतः तुम समझ गए होगे—हम दोनों केवल अपने को दुहरा रहे हैं।

[महावत खिड़की खोलने जाता है। रानी कक्ष के सबसे अँधेरे कोने में सिमटती है— चाँदनी आलोक का सोता गर्भगृह को प्रकाशित करता है।]

महावत : अच्छा है—अँधेरा छँट गया। हवा अच्छी है। रात भी कैसी सुन्दर है। चाँद भी पूरा। पेड़ का पत्ता-पत्ता दीखता है। कैसी चमकीली रात। पता ही नहीं भोर कब होती है। एक ढलती दूसरे में, कोई सिलवट-निशान नहीं कहीं भी।

[रानी अचानक द्वार की ओर झपटती है— दरवाजा खोलने का प्रयास। लेकिन महावत उससे तेज— बढ़कर रानी को रोक लेता है। खींचतान होती है। रानी को घसीटकर महावत— कोने में एकदम फेंक देता है। रानी दर्द से कराहती है]

महावत : नहीं...। मुझे उकसाओ नहीं। मेरा...तेवर...नहीं जानती तू।

बहुतेरी औरतों को पीटा मैंने...नीली और लाल करता हूँ मै...तुझे—अच्छा नहीं लगेगा...कोई चाल नहीं...मुझे बिल्कुल पसन्द नहीं—चालबाजी।

[रानी बैठ जाती है। अपनी कलाई सहलाती है।]

रानी : तुमसे मिलना—आनन्दपूर्ण रहा...पूरा समय सुन्दर...तुम उसी को नष्ट कर रहे हो।

महावत : सुनो...मैं आराम से तुझे खिड़की तक घसीटकर तेरा चेहरा देख सकता हूँ...पता है न? *(खामोशी)*
लेकिन वो अच्छा नहीं लगेगा...जैसा समय हमने साथ बिताया उसके बाद ये...इसी से कहता हूँ...तू अपना थोबड़ा छिपाना चाहती है न? ठीक है। लेकिन नाम तो बता...और चली जा। आसानी से। क्यों?

रानी : मान लो कि मेरा नाम है—कामलता सुरा सुन्दरी। *(खामोशी)*

महावत : चुहलबाजी करती हो...नहीं?
पहले मैं कोई भी नाम मान लेता...लेकिन अब नहीं। अब तो कुरेद लगी है मुझे—जानना है। अस्सल में। बनावटी नहीं। बड़ी घृणा है मुझे...इस दूसरी बात से भी—कोई मुझे उल्लू बनावे तो...बस्स!

रानी : नहीं! मैं तुम्हें बना नहीं रही।

महावत : मुझे बिल्कुल पसन्द नहीं। कोई इसलिए मेरा उल्लू बनाता है क्योंकि मैं—कुरूप हूँ।

रानी : यूँ क्यों कहते रहते हो?

महावत : क्योंकि हूँ मैं कुरूप! पता है मुझे—कोई ऐसा कहे—उसके पहले मैं ही कह देता हूँ।

रानी : मैं ऐसा नहीं कहूँगी।

महावत : इतना पक्का है—तू भी अपने मन में तो बोली न? जब यहाँ भीतर आई तब ये बत्ती जल रही थी—तूने मेरा थोबड़ा देखा था।

रानी : हाँ।

महावत : और फिर क्या सोचा?

रानी : मैं कुछ सोच नहीं रही थी, मैं तो बस...मैं—

[महावत अगोरता है—रानी वाक्य पूरा नहीं करती।]

महावत : लेकिन तूने मेरा चेहरा देखा!

रानी : हाँ—मैं मानती हूँ।

महावत : तुझे कैसा लगा?

रानी : पता नहीं। *(खामोशी)*

महावत : ये तो अच्छी बात नहीं।

रानी : किन्तु यही सच है।

महावत : तुम्हें यहाँ आए लगभग दो घंटे तो हुए होंगे—और तू नहीं जानती कि मेरा चेहरा कैसा लगा? ...नहीं ये तो बुरी बात है—बहुत बुरी बात...

[महावत चलता है तो चाँदनी सीधी उसके चेहरे पर पड़ती है]

चलो...अब देखो मुझे, अब क्या कहती हो?

रानी : यदि तुम सोचते हो—तुम ऊँचे डील-डौल वाले गौरांग—सुग्रीव और शुक-नासिका—बिम्बाधर पुरुष नहीं हो—जान लो कि ऐसे लोगों से मैं घिरी रहती हूँ—उनसे थक गई। ऊब चुकी हूँ—ऐसों से।

महावत : टाल रही हो मेरा सवाल।

रानी : नहीं—टाल नहीं रही। तुम्हारा रूप का मेरे लिए अर्थ ही नहीं। मैं यहाँ आई तुम्हारा गान सुनकर। अलौकिक स्वर है तुम्हारा—नैसर्गिक। मुझे तुम्हारे स्वर की संगत चाहिए थी।

महावत : तो तुमने अन्दर आते ही—दीया क्यों बुझा दिया? मेरे साथ सम्भोग करते समय मेरा थोबड़ा देखना—सहना... कठिन था—है ना?

रानी : नहीं। मैं नहीं चाहती थी कि तुम मेरा चेहरा देखो।

महावत : *(हँसता है)* क्यों ? तू भी कुरूप है ?

रानी : ऐसा—मुझे नहीं लगता। लोग प्राय: मेरा रूप बखानते ही रहते हैं। चाटुकार। हाँ उनका अधिकांश बखान सत्य नहीं होता है।

महावत : चाहता हूँ मुझे अपना चेहरा देखने दो। —बस एक झलक।

रानी : नहीं।

महावत : देखो—मैं निचली जात का हूँ—महावत। महाराज के हाथी का हाथीवान्।

[अपनी बाँहों को देखता है।]

और तू ?...शायद मेरे सारे शरीर से लहू निकल रहा है—तुमने मेरी सारी चमड़ी को खरोंच लिया है—क्या लम्बे नाखून हैं तुम्हारे। तू कोई निचले बाजार में निकलने वाली औरत नहीं। ऊपरी महलों वाली है—एक दिन कोई काम नहीं किया होगा तुमने। पक्की बात। ऐसे नाखून—भोग विलास आराम के जीवन में ही बचते हैं।

रानी : *(हँसती है)* ठीक कहते हो। घर आँगन झाड़ने-पोंछने के लिए नहीं हैं ये।

महावत : ऊँची धनी घरों की देवियों को मैंने कम ही देखा है। उनके पास जाने की मुझे मनाही भी है। सो—लगता नहीं कि मैंने तुम्हें कभी देखा होगा कहीं कि पहचान सकूँ।...फिर क्यों तुम अपना चेहरा छिपा रही हो ?

[रानी विषय बदलती है।]

रानी : मुझे खेद है—मैंने तुम्हें दुखाया !

महावत : नहीं—कोई बात नहीं। मुझे अच्छा लगा। बिस्तर की हर बात मुझे अच्छी लगती है। हर करवट। इसीलिए वहाँ मैं भी बहुत अच्छा हूँ। क्यों—मैं अच्छा हूँ न—बिस्तर में— ?

[कोई उत्तर नहीं]

तेरे पति से अच्छा-तगड़ा—

रानी : इतना साहस?

[रानी के स्वर में अधिकार दर्प की कड़क से महावत चौंक जाता है।]

मेरे पति पुरुषों में श्रेष्ठ हैं।

महावत : होंगे। लेकिन बिस्तर में कैसे हैं?

रानी : वहाँ भी।

महावत : फिर तू यहाँ क्या लेने आई?

रानी : तुम नहीं समझ सकते।

महावत : *(क्षुब्ध होकर)* तुम्हारा मतलब है कि मैं मूरख हूँ?

रानी : ऐसा नहीं है। अतः ऐसा मत कहो। मेरे यहाँ आने का मेरे पति से कोई सम्बन्ध नहीं। वे अद्‌भुत व्यक्ति हैं—स्नेहवान, कोमल और विश्वासी।

महावत : जो वो जागता मिलेगा तब तुम लौटोगी यहाँ से—घर—तो क्या कहोगी उसे?

रानी : कह दूँगी—घूमने गई थी।

महावत : सड़कों पर, गलियों में? आधी रात? और वो मान भी लेगा?

रानी : ओह! अब मुझे जाने भी दोगे? कृपा करो—सच में अब डर लग रहा है।

महावत : बाल-बच्चे?

रानी : नहीं।

महावत : कोई बाल-बच्चा नहीं।

रानी : अब इस विषय में बात नहीं।

महावत : क्यों नहीं?

रानी : *(तीक्ष्णता से)* इस विषय पर मुझे बात नहीं करनी।

महावत : *(हटता हुआ)* अच्छा—ठीक है।

रानी : मुझे घर जाना है।

[महावत उसकी बात अनसुनी करता हुआ]

महावत : मैं मानता हूँ—मैं कुछ बातों में अच्छा नहीं—जैसे, गिनती में। मैं भागवान हूँ कि अपनी जात में जनम हुआ। हमें सिर्फ़ हाथियों से सम्बन्ध रखना होता है। और हाथियों को कोई परवाह नहीं—कोई कुरूप है या रूपवान—टेढ़ा-मेढ़ा—या अनपढ़ जो गिनती नहीं जानता।

[रानी कोई धुन गुनगुनाती है—अपने तईं। ये गुनगुनाना वास्तविक उतना संगीत नहीं— बल्कि रानी के मनोभाव का सूचक है। स्पष्ट है महावत उसका गान नहीं सुनता— वह अपना बोलना जारी रखता है।]

मैं ऐसा कुरूप क्यों हूँ? पता है। सुनो...मैं जनमा तो पूनो थी--पूरजिमा! ग्रहन भी लगा था। अब ग्रहन में जनम लेने से बुरा क्या होगा—सभी जानते हैं। सूरज हो कि चाँद—जो भी ग्रहन में हो वो देवता तो राक्षसी पंजे में होता ही है—सो उस देव की लाभ वाली शक्तियाँ भी दुरबल पड़ जाती हैं उस घड़ी—बल्कि लगभग बेकाम। बस—दुष्ट आत्माओं का खुल्ला खेल हो जाता है। कोई बच्चा जनमने को हो तो खेल में छुट्टी—अभागे की। लूला-लंगड़ा जनमेगा या अन्धा। कहीं ठीक-ठाक हुआ शरीर से तो—भीतर से विकृत होगा बच्चा। माथा खराब हो सकता है—अन्दर। पता भी चले जब तक बड़ा न हो।...मेरी माँ ये सब जानती थी। सो डरी हुई थी। फटी चटाई के एक टुकड़े पर—लेटी पड़ी थी। तभी उसने एक छोटी चिड़ी-गौरैया की—चीं-चीं सुनी। आधी रात। उसने ऊपर देखा—क्या देखती है कि—ऊपर छत के कोने में साँप देवता गौरैया के घोंसले में घुसे हैं—और अंडे निगल रहे हैं—। माँ डर के मारे चीख पड़ी...और मैं पैदा हो गया। ऐसे जनमा मैं—ऐसे।

[राजमाता का प्रवेश-प्रांगण में। हाथ में चाँदी का थाल है। थाल में लगभग दो फुट ऊँची कोई वस्तु

भगवा वस्त्र से ढँकी। फूल-धूपबत्ती और एक तलवार भी है थाल में।]

महावत : *(जारी रखता है)* लोग महावतों पर हँसते हैं। कहते हैं हमारा जनम ही अधम है। लेकिन हम न हों तो तुम्हारे राजकुमारों और महाराजों का क्या होगा? जानना चाहता हूँ...। उनके हाथियों का क्या होगा? अब—हाथी नहीं तो—सेना नहीं—धूमधाम—बड़ा तमाशा—शोभायात्रा भी नहीं। तो राजा भी नहीं...क्यों...हा-हा-हा!

रानी : कहती हूँ सावधान! यदि हम यहाँ साथ पकड़े गए—हम दोनों दुख पाएँगे। सावधान!

महावत : मैंने भगवान को कई बार बोला भी है...तेरी बात होती है कभी भगवान से? ऐं?

रानी : नहीं।

महावत : भगवान को मानती हो? कोई भी...

रानी : नहीं। हाँ लेकिन कई बार चाहा कि...सच में वह होता।

महावत : पर वह तो है ही। तू उसे नहीं मानती तो—किसको मानती हो?

रानी : मुनियों को!

महावत : ओ! तो तू जैनी है। एक भगवान नहीं...लेकिन चौबीस—मुनि तीर्थंकर! मैं कभी नहीं समझ सका। जब तुम अकेले पड़ जाओ तो किससे बतियाओगे—और? जब कोई विपदा पड़ती है तो किसे पुकारें—आँ?

रानी : वे सबके सब होते हैं।

महावत : लेकिन भगवान नहीं होते—दत्त...विचित्र बात...लोग भी—कैसी-कैसी बात करते हैं...अरे मेरी मानो...भगवान है। मेरी बात होती है उससे।...हमारे गाँव में...बस्ती सीमा के बाद एक बहुत बड़ा पीपल का पेड़ है—कई सौ साल पुराना—पीपल—वहीं—उसमें हमारा भगवान है। एक पत्थर है...लेकिन नीचे माटी पर नहीं—पीपल की लटकी जड़ें हैं

न—जटा—बस उसी ने थाम रखा है—बल्कि ऊँचा उठा लिया है। वे जड़ें! ऐसा लगता जैसे हाथी महाराज की सूँड़—हमारे भगवान को झूला झुला रही हैं। महावतों के भगवान। देव! जब मैं दुखी या उदास होता हूँ—गुस्सा होता हूँ—मैं उसी देवता से बतियाता हूँ। —ये भी एकदम ठीक बात है—देवता से कुछ माँग नहीं सकते। ये सब ऐसा ही है—क्योंकि वो ऐसा ही चाहता है—समझे न? लेकिन मैं तो मनुष्य हूँ—इसलिए—पूछता हूँ...मुझे इतना कुरूप क्यों बनाया तुमने...मैंने दो चार जनों के दाँत तोड़ दिए। इतनी शक्ति है—फिर मुझे...तो भगवान बोला—देखो ये शक्ति मैंने दी है न तुमको—मैं फिर बहस करता हूँ—पर मेरा चेहरा सुन्दर हो तो उनको चुप करने—ये बलवान भुजाएँ क्यों चाहिए? तो फिर भगवान ने पूछा—तो अपने सुन्दर स्वर के बदले में सुन्दर चेहरा लोगे? बोलो...अब तो मेरी सिट्टी-पिट्टी बन्द। लेकिन उसको मेरा जवाब पहले से पता है—"नहीं मुझे नहीं चाहिए।" मेरा जवाब। इस पर भगवान का कहना है, बस—तो इसी बात पर रहो न...क्यों?...

रानी : तुम कुरूप नहीं—तुम भी जानते हो—तुम अकेले हो!

महावत : *(बचाव में)* मैं अकेला रहता हूँ...यही मतलब है तुम्हारा?... तो ये मेरे लिए चलता है। ठीक है।

रानी : इसीलिए मुझे बन्दी बना रखा है तुमने—तुम्हें मेरा नाम नहीं चाहिए—तुम बातें करना चाहते हो। उसके लिए कोई चाहिए।

महावत : मेरा भगवान है न?

रानी : किसी-किसी कमी को ईश्वर से नहीं भर सकते।

महावत : *(क्रोध में)* ठीक है। लोग मुझे टालते हैं। तो? मेरे ही चारों तरफ जमा होते वे—मुझे सुनने—मेरा गीत।...फिर चले भी जाते हैं...तू...क्या कहना चाहती है।

रानी : यह एक वरदान हो सकता है। लोग तुम्हें घेरते-बतियाते

हैं। प्रशंसा करते छूते हैं तुम्हें—फिर भी तुम अकेले हो सकते हो। इतने एकाकी कि तुम भयाक्रान्त हो। मैं समझती हूँ यह।

महावत : इसीलिए आई—यहाँ?

रानी : नहीं। मैं आई क्योंकि मैंने तुम्हारा स्वर सुना। आना ही पड़ा। किन्तु एक बात कहूँ...मुझसे आज तक इस तरह बात नहीं की तुम्हारे सिवा कभी किसी ने भी। कभी भी। *(खामोशी)* अब जाना होगा। वैसे...तुम बहुत अच्छे लगे। *(लम्बी खामोशी)*

महावत : ठीक है—मैं तुम्हें छोड़ता हूँ...*(खामोशी)* जा।

[रानी बिजली की तेजी से खड़ी होती है]

रानी : आभारी हूँ। तुम्हें कभी नहीं भूलूँगी।

[महावत खिड़की की तरफ़ सरकता है, लगभग अपने से क्रुद्ध। क्यों जाने दे रहा है। रानी—अपनी साड़ी से चेहरा ढँकती है। निकलने को होती है तभी महावत बाहर राजमाता को देख लेता है—उनकी पूरी आकृति नहीं दीखती—तो महावत पूरा देखने बाहर झाँकता है—ठीक से देखने के लिए।]

महावत : कोई है—वहाँ। बाहर। आँगन में।
(रानी स्तब्ध)
वहाँ कोई है—बाहर—बड़े द्वार पर।

रानी : कौन है—वहाँ।

महावत : लगता है कोई—स्त्री।

रानी : तुम झूठ तो नहीं बोल रहे?

महावत : ऐसा लगता है तो निकलो बाहर। आप ही देखो।

रानी : कर क्या रही है वह?

महावत : ऐसे ही—आ गई होगी। कभी पहले देखा नहीं उसको।

रानी : वह कर क्या रही है?

महावत : खड़ी है। वहीं स्थिर है—मूरत की तरह। *(खामोशी)* अपने हाथों में कुछ पकड़े है। कोई गठरी जैसे।

रानी : अकेली है?

महावत : हाँ। अजब है—बहुत अजब—मेरा मतलब एक अकेली स्त्री—इस बेला-रात में।

रानी : क्या कर रही है?

महावत : वही तो मैं भी जानना चाहता हूँ। मतलब यहाँ—क्यों...टूटे-फूटे मन्दिर में लोग तो भूतहा समझ आते ही नहीं—पिशाची जगह—एक पैदल औरत रात के समय! जबकि पास ही उधर कोने पर ही—यात्री-घर है। कोई भी वहाँ जा सकता है।

रानी : कोई और है उसके साथ?

महावत : पता नहीं। मुझे कोई नहीं दीखता।

रानी : *(डर से)*...झूठ बोलते हो?

महावत : बन्द करो ये रटन्त। अब इधर आओ—देखो—जल्दी। वो चलने वाली है।

[रानी खिड़की पर जाती है और बाहर झाँकती है—तभी बाहर राजमाता दृष्टि क्षेत्र से बाहर हो जाती है।]

रानी : कहाँ?

महावत : वो घुस गई भीतर। मन्दिर में।
(महावत रानी का चेहरा ध्यान से देखता है)
देखा है। मैंने तेरा चेहरा कहीं तो पहले भी देखा है।

[रानी अपना चेहरा छिपाती है घूमकर]

महावत : अब बनती क्यों है—हम दोनों ने वो सभी कुछ कर तो लिया—एक साथ। अब ये—लजाना-वजाना चोंचले—छोड़ न!

रानी : सुनो...कोई न जानने पाए कि मैं यहाँ हूँ। कृपया! मुझे इसी

क्षण घर जाना होगा। तत्काल। हे ईश्वर! यहाँ कोई और द्वार भी है क्या?

महावत : *(हँसता है)* हाँ ऊपर वो खिड़की है न—उड़कर निकल जाओ—फुर्र! उड़ न? —अरे सुन औंधी खोपड़ी! ये मन्दिर का—गरभ घर है—इस में एक ही द्वार होता है—आने का भी—जाने का भी। समझी?

रानी : कृपा करो—कृपा। मेरी सहायता करो और ये *(लो)*—

[अपना कंठहार प्राय: स्वाभाविक मुद्रा में उतारकर बढ़ा देती है।]

महावत : *(चिढ़कर)* रक्खो। ये चकमक ही चाहता मैं तो इतनी देर क्यों रुकता? छोटी जात की यही कीमत है—तुम्हारे पास। है न? उसके साथ बिस्तरी मजेदार है—और वो क्या लेगा—सोने का छोटा टुकड़ा। बस्स! अरे देवी हम हाथीवान् हैं—उचक्का नहीं—चोरी का माल गहना बेचने वाला। जाँच करवा लो—अपने हाथ कटवा लूँगा लेकिन—ये...

रानी : अरे—दया करो—धीरे बोलो—उन्हें ये न लगे कि हम यहाँ हैं।

महावत : तू बड़ी सयानी भी नहीं। है क्या? पक्की बात है वो स्त्री अकेली नहीं। और लोग साथ होंगे—पक्का। यहाँ कोई देव मूरती नहीं—ये हम जानते हैं न? हो सकता है—वे नहीं जानते। और यदि यात्री हैं तो भोर में—जाने से पहले—यहाँ के देवदर्शन को भी आ सकते हैं? नहीं?

रानी : मैं यहाँ प्रात:काल तक नहीं रुक सकती।

महावत : और मैं भी तुम्हारे साथ पकड़ाना नहीं चाहता। तू कोई भी हो! भगवान जाने किस की धर्मपत्नी हो तुम!...मैं नहीं चाहता...अरे सुनो...सुनो। देखें वे क्या करते हैं। देखते हैं। वे भीतर आना चाहेंगे तो रोकने का एक ही उपाय है। उन्हें लगना चाहिए कि यहाँ एक जोड़ा है—नर और मादा।...तो ऐसा होने पर...हमें अपनी आवाजें ऊँची करनी होंगी—मस्ती का शोर—क्यों?

रानी : ईश्वर! मुझे निकलना चाहिए। मेरी मदद करो...

महावत : भला इसी में है, अब रोना मत शुरू करो तुम। तेरा ऐसा सुर सुनेंगे वे तो सोचेंगे तुम विपदा में हो—सो तुम्हें बचाने को आएँगे ही। लोग भी आज कल—नाक में खुजली होती है सालों के।...चुप हो अब और—सुन...

[वे किवाड़ से कान लगाकर सुनते हैं। डर और तनाव। बाहरी भाग में राजमाता पहुँचती है राजा के पास— सीढ़ी पर जहाँ वो बैठा है। राजा उठता है जैसे सम्मोहन में— वस्तु पर ढँके गेरुआ कपड़े को हटाता है— वस्तु को देखने लेकिन कपड़े को इस तरह पकड़ता है कि कपड़ा दर्शकों और वस्तु के बीच— दर्शक उस वस्तु को नहीं देख पाते। राजा उस वस्तु को घूरता है— राजा का भाव बदलता है जैसे कि वह वस्तु उसे कोई संदेश दे रही हो। वह फिर से वस्तु को ढँक देता है, उसे नमस्कार भी करता है। राजमाता अपना सिर हिलाकर उसे आगे क्रिया करने का संकेत करती है। राजा अपने थाल से तलवार उठा कर अपनी कमरबन्द से बाँधता है— मशाल उठाता है— और सीढ़ियाँ चढ़ने लगता है। राजा कपाट को खड़काता है। भीतर दोनों घबरा जाते हैं। रानी उछल कर पत्थर के चबूतरे के पीछे छिपने का जतन करती है। महावत उसे पकड़ लेता है।]

महावत : हमें—हाँफना चाहिए।

रानी : हाँफना?

महावत : हाँ, हाँ, हाँफो। भारी साँसें लो—तुम और मैं...

[महावत जोर से हाँफता है]

उन्हें लगना चाहिए—इधर कुछ-कुछ हो रहा है—समझी न, क्या बोला? देवता के गर्भगृह में पाप-कर्म। बस वे अपना माथा ठोकेंगे...कहेंगे...देखो संसार का कैसा समय

आ गया—फिर हमें कुछ बुरा शाप-वाप देंगे और अपने रस्ते चले जाएँगे। अब करो करो—हाँफना शुरू करो—भारी।

[महावत हाँफकर दिखाता है।]

है हऊ...है हऊ है...है-ऐसे। अब करो।

[रानी दर्द से कराहती है]

ऐसे...वाह—आह—क्या बात है—तू तो अच्छी है—अच्छी—स्वर्ग है—स्वर्ग है—ऐसे आ...ह—और और...आ... हा...आ...।

[राजा फिर द्वार खड़काता है। रानी डर से सिमट जाती है—महावत अपनी हरकतें बढ़ाता है]

अच्छी है—तू—भगवान भला करे—आनन्द...वाह तेरे जैसी कोई नहीं, क्या चीज है—वाह-वाह।

[कपाट फिर खड़कता है—महावत चीखता है।]

महावत : कौन है रे! बहरा है क्या? सुनता समझता नहीं मैं अपनी औरत के साथ...? भाग जा। *(रानी से)* अब इधर खिसक—हाँ—ऐसे उठा के—वाह—तू—तो जादू है—जादू—आह-ह। अब चीख...मिमिया...खिलखिला हाँ।

[राजा फिर खड़काता है।]

ऐ हरामी—स्साले भाग जा इधर से नहीं तो...तेरी खोपड़ी का गूदा निकाल दूँगा...कीचड़ पेल दूँगा स्साला।

रानी : बाप रे!

महावत : हाँ ऐसे लगा न अच्छा झटका। हाँ?

[फिर खड़का]

धत् स्साला। ऐ बहरा कहीं का—जान-बूझकर रगड़ा करना है...तो ले मैं भी ले अब...

[खड़का]

मार डालूँगा। बोला तुमको।

[खड़का]

ठीक है फिर—*(झटके से महावत उठता है, अपना लट्ठ उठाता है)*

रानी : नहीं।

महावत : तो क्या चाहती है? बैठ यहीं रात भर...वे कपाट ठकठकाते रहेंगे। अरे बदमाश को अपन लट्ठ का मजा चखाता हूँ अभी।

[द्वार की तरफ़ लपकता है—रानी एक तरफ़ कोने में दुबक जाती है। महावत कपाट खोलता है और लाठी उठाता है मारने को—तभी देखता है—राजा को और स्तब्ध हो जाता है।]

महावत : हे भगवान! महाराज!

[पीछे खिसकता है।]

महाराज—!

[राजा हाथ में मशाल लिये प्रवेश करता है। मशाल से भीतरी भाग और प्रकाशित होता है। राजा—निगाह घुमाता है रानी को ढूँढ़ता हुआ—महावत फुर्ती से अपनी धोती की लाँग बाँधता है।]

दुहाई राजा जी, आपके पैर छूता हूँ—यहाँ और कोई नहीं—बस मैं अकेला। हुआ ऐसा—कल रात हाथीघर में एक चमगादड़ घुस आया—तो हमें हाथीघर खाली करना

ही पड़ा और और मैं यहाँ आ गया—सोने को! बस! मैं।

राजा : *(पुकारता है)* अमृता मती!

[महावत कोने में सिकुड़ जाता है डरता हुआ। राजा फिर पुकारता है।]

अमृता... मती...ी...ी... !

[रानी चबूतरे के पीछे से उठती है और सामने आती है।]

महावत : ओ बाप रे!...महारानी है।...मुझे माफ़ करो स्वामी...मैं नहीं जानता था। कुछ किया नहीं—हमने। आपकी शपथ!...मैं गा रहा था—वह सुन रही थीं—बस इतना—महारानी जी तो जाने वाली थीं अभी-अभी—जल्दी।

[राजा रानी के पास जाता है। उसके चेहरे पर ढँका आँचल पीछे हटा देता है। मशाल रानी के चेहरे के सामने करता है। रानी सकुचाती है। राजा घूरता है उसे। खामोशी। राजा अवाक उसे देखता रहता है—जैसे उसे पहचान नहीं रहा। रानी के गाल पर चिकोटी भरता है—देखने कि—वह सचमुच है या नहीं।]

रानी : (कोमलता से) कृपया...ऐसा नहीं करें।

[झटके से जैसे राजा की तन्द्रा टूटती है। वह अपनी क्रिया पर जैसे लज्जित हो]

राजा : *(चकित किन्तु बिना मालिन्य)* ये तुम ही हो? मैं तुम्हें दुखाना नहीं चाहता।

[राजा पलटता है—दीवार की एक कड़ी में जाकर मशाल को अटका देता है। थकान के मारे दीवार से

सिर टिका— निढाल हो जाता है। लम्बी खामोशी— रानी बढ़कर राजा तक आती है— लगभग फुसफुसा कर।]

रानी : हम चलें!

राजा : चलें?

[रानी राजा का हाथ पकड़ उसे परे ले जाना चाहती है। वह नहीं हिलता। दोनों एक दूसरे को ताकते हैं।]

रानी : *(कोमलता से)* आप यहाँ क्यों आए? *(खामोशी)* क्यों आए? जब तक उसने आपको देखा नहीं तो...

राजा : मुझे तुम्हारी चिन्ता है—तुम्हें उसकी।

रानी : मैं—हम दोनों की कह रही हूँ। *(खामोशी)* जब तक उसने आपको नहीं देखा—वह नहीं जानता था कि मैं कौन थी—मैं कोई भी स्त्री थी बस। अब वह फूला फिरेगा—

राजा : *(घृणा से थूकता है)*—वह?

रानी : वह नहीं। मैं। एक रात के लिए मैं संज्ञाहीन थी—अनाम।

महावत : *(भयभीत)* महारानी!...महाराज...मुझे भगवान शपथ—एक शब्द नहीं निकालूँगा कहीं...और भरोसा भी कौन करेगा मेरी बात पर। हँसेंगे मुझ पर...मैं पेड़-पत्ते को भी बोलूँ तो कीड़े पड़ें मेरे मुँह में—जीभ गल जाए...किरपा—महारानी...क्षमा महाराज!

राजा : चुप्प!

महावत : चुप रहूँगा तो महाराज आप कैसे जानेंगे कुछ? मेरा मतलब...मेरी बात सुनिए तो आप। आप मेरा गला काट दो—टुकड़े कर दो मेरे। हाथी के पैरों कुचल दो—लेकिन वो सब गलत होगा—बहुत अनुचित होगा। मैंने कुछ किया नहीं। हाथीघर में चमगादड़ घुस गया—सो मैं यहाँ सोने को आ गया एक रात। मैं अपने आप से गा रहा था—

अकेला। मैं कई बार ऐसे ही गाता हूँ। अब वो आ गईं। मुझे नहीं पता...कौन थी? अँधेरा था। मैं बैठा था इधर—गा रहा था—वो आई और मेरे पास आ गई—और फिर...

राजा : चुप करो!

[राजा तलवार खींच लेता है और महावत पर वार करने को है— तभी...]

रानी : राजन्!

[बाहर सीढ़ियों पर राजमाता भी अचानक खड़ी हो जाती हैं— जैसे उन्हें कुछ भान हुआ हो। राजा मूर्तिवत है— अपनी तलवार को मूढ़ भाव से ताक रहा है। फिर राजा हताश होकर तलवार को म्यान में रख लेता है। महावत राहत भरी साँस भरता है।]

महावत : हाँ हाँ—कैसे भूल गया कि आप तो जैन हैं। आप हिंसा नहीं कर सकते। रक्त बहाने की आपको मनाही है— ऊहू...हू...मैं भूल ही गया था।

[महावत गिलकारी हँसता है— अपने से बड़बड़ाता हुआ एक कोने में चला जाता है।]

धत्...। बच गया बाल-बाल!...हाँ तो आप के हाथ में तलवार...? आपको कोई भी हत्या मना है—हा!

[महावत अपनी चटाई पर बैठता है। राजा और रानी खड़े— एक दूसरे को ताक रहे हैं— आगे क्या करें की सुध के बिना। धीरे-धीरे प्रकाश कम होता है। ये दोनों अँधेरे में पड़ जाते हैं। लेकिन हम महावत को देख सकते हैं। वह पीने लगता है, तभी— पूरा अँधेरा]

स्मृतियाँ उभरतीं—पिघलतीं—मिल जातीं—घुल-घुल जाती हैं।

नितान्त भिन्न-भिन्न क्षण ज्यों बिखर गए एक साथ और मात्र एक ही क्षण से गुँथ गए साथ-साथ, मात्र एक ही क्षण के तार में—

[विभिन्न क्षणों का मोतियों-सा अम्बार]

जाग्रत स्मृतियाँ पिघलतीं घुल-घुल मिल जाती हैं—एक साथ।

[राजा और रानी पर प्रकाश वापस आता है—अब वे दोनों युवा दीखते हैं।]

रानी : ये क्या कर रहे हैं वहाँ?

राजा : देखो नहीं इधर। उधर देखो—निकट नहीं आना अभी।

रानी : तू हमारे वृक्ष पर मूत्र...

राजा : कहा न... उधर देखो। रुको मुझे पूरा त्यागने तो दो।

रानी : बहुत समय लग रहा है तुझे। लो तेरे तो पैर भी गीले हो गए।

राजा : तुम्हीं ने हड़बड़ा दिया मुझे। मुझे पता न था कि कोई और इधर है।

रानी : मैंने तुझे देखा। ये उद्यान केवल कन्याओं के लिए बना है। तुम कौन?

राजा : मैं? राजकुमार।

रानी : ओहो तो तू ही है—राजकुमार जो मेरा पति बनेगा। किन्तु तुम तो छोटे हो। पतियों को तो मूँछें होती हैं—नहीं?

राजा : मैं शीघ्र ही मूँछ उगा लूँगा—चिन्ता मत करो। तुम भी कोई ऐसी बड़ी नहीं लगती। बिल्कुल गुड़िया जैसी हो—कपड़े की गुड़िया।

रानी : मुझे छेड़ते हो—अभी जाकर पिताजी से कह दूँगी।

राजा : तो सम्मान से बात करो मेरे साथ। कोई अपने पति से ऐसे बात करता है—ऐ तू! ओ इधर!...हट।

रानी : हाँ—मेरी दासी—ऐसे ही करती है?

राजा : मैं कोई घर की दासी से ब्याह नहीं करने का। मैं हूँ—राजकुमार।

रानी : अच्छा। तो मैं एक पहेली पूछूँगी—देखती हूँ तुमसे सुलझती है या नहीं?

राजा : जा जा। मेरे पास पहेली-वहेली का समय नहीं। तुम ही सुलझाती रहो पहेली।

रानी : तुम्हें पहेली अच्छी नहीं लगती? कैसे राजकुमार हो? मेरे यहाँ तो सभी को पहेलियाँ बहुत भाती हैं।

राजा : तुम्हारे पिता को भी?

रानी : हाँ—उन्हें भी। उन्हें लाखों पहेलियाँ आती हैं। लाखों से भी अधिक करोड़ लाख पहेलियाँ।

राजा : राजा भला पहेलियाँ क्यों सुलझाता है। राजा है—राजा को राज करना चाहिए—युद्ध लड़ना चाहिए—घोषणाएँ करनी चाहिए—और भी बहुत कुछ करना होता है राजा को।

रानी : वह सब भी करते हैं वो।

राजा : एक पत्थर फेंक सकते हैं? बाघ का आखेट कर सकते हैं?

रानी : *(प्रभावित)* तुम बाघ मार सकते हो?

राजा : ऐसे चुटकी में।

रानी : मुझे दिखाओगे? मैंने कभी शिकार वाला खेल नहीं देखा। कभी नहीं।

राजा : *(चिढ़ाते हुए)* जानता हूँ। तुम लोग जैनी हो। हो न? तुम्हारे राजा—शिकार नहीं खेल सकते। तुम्हारे साधु लोग सब एकदम नंगे रहते हैं—दिगम्बर।

रानी : *(झुँझलाकर)* और न...और मेरी दासी ने बताया कि तुम लोगों की देवी माता मांस खा जाती हैं।

राजा : ऐसा भी करती हैं—किन्तु हमारी भवानी माता पूरे वस्त्रों में सजी होती हैं—ऐसी—चमकदार साड़ी में—उज्ज्वल चमकती-रेशमी साड़ियाँ। गले से पैर तक सज्जित।

रानी : (तर्क में हारती-सी) तुम्हारी देवी वो खाती है—मुर्गी—बकरी...और भी और...

राजा : हाँ किन्तु हमारी देवी सोने से मंडित होती है। तुम्हारे पिता कैसे राजा हैं—वे तुम्हारे साधु-महात्मा को लँगोटी भी नहीं देते!...कपड़े का कोई टुकड़ा जिससे वो अपनी लज्जा ढँक सके।

[रानी की आँखें भर जाती हैं।]

रानी : तुम हँसी उड़ाते हो हमारी—मैं तुमसे ब्याह नहीं रचाऊँगी। जाकर मैं माता से बता दूँगी, हाँ।

[राजा झट से उसके जाने के बीच आ जाता है।]

राजा : अरे-रे! सुनो तो। मैं तुम्हें कुछ दिखाता हूँ। तुम रोना नहीं। वचन दो।

[राजा आस-पास देखता है कुछ—]

मैं तुम्हें दिखाता, कैसे चिड़िया को डाल से नीचे गिराया जाता है—किन्तु मैं अपनी गुलेल साथ नहीं लाया।

रानी : मैं जाती हूँ।

राजा : अच्छा मुझे कोई चिड़िया दिखाओ—गुलेल नहीं तो क्या—मैं पत्थर से ही गिरा दूँगा उसे।

[दोनों पंछी के लिए ताकते हैं।]

रानी : नहीं दीखती कोई।

राजा : हाँ—दुपहर का समय है न?

रानी : उनके बच्चे सब सो रहे होंगे।

राजा : अच्छा। फिर मैं संध्या में चिड़िया को डाल से मार गिराऊँगा। तुम्हारे लिए। किसी को बताना नहीं। तुम्हारे माता-पिता बहुत क्रोध करेंगे और मेरे माता-पिता भी।

रानी : ऐसा दिखाओगे—तो मैं भी तुम्हें अपनी झाड़ी पर सुस्सु करने दूँगी। हम बच्चे पैदा करेंगे।

राजा : ये क्या...गन्दी बात।

रानी : तो क्यों तुम इधर सुस्सु कर रहे थे?

राजा : क्योंकि...प्रातःकाल से ही मैं नहीं कर पाया था। सामने का आँगन बहुत सारे अतिथियों से भरा था। मैं इधर आ गया और इससे बच्चे पैदा करने का कोई सम्बन्ध नहीं है।

रानी : सम्बन्ध होता है। तभी तो मना है—कोई लड़का इधर नहीं आ सकता। तुम कैसे आ गए?

राजा : एक बाड़ में छेद किया और घुसकर आ गया।

रानी : तुम्हें मेरा पति बनने तक रुकना चाहिए था।

राजा : क्यों?

रानी : मेरी दासी कहती है—यदि कोई लड़का झाड़ी पर सुस्सु कर दे—और फिर कोई लड़की उस झाड़ी के फूल को सूँघ ले—तो बच्चे पैदा होते हैं।

राजा : सच्ची, मैं नहीं जानता।

रानी : तुम और भी बहुत कुछ नहीं जानते।

रानी : *(अचानक)* वह रही।

राजा : क्या?

रानी : चिड़िया! उधर।

राजा : ओह। हाँ। श—चुप अब। बिल्कुल शान्त।

[एक पत्थर उठाता है, दबे पाँव चिड़िया की ओर बढ़ता है— निशाना साधकर पत्थर फेंकता है— विजय भाव से चीखता है।]

राजा : वो मारा!

[वे दोनों दौड़ते हैं गिरे हुए पंछी के पास। चिड़िया का हाल देख रानी आतंकित है।]

रानी : हे ईश्वर! रक्त! बेचारी चिड़ी—उसके रक्त निकल रहा है।

[वह घुटनों के बल झुककर कोमलता से चिड़िया को उठाती है। चिड़िया को सहलाती है और उसी से कुछ फुसफुस बोलती रहती है। राजा यह देखता है— सम्मोहित-सा।]

रानी : बेचारी मुनिया! बेचारी प्यारी-प्यारी मुनिया।...हाय बेचारी! कृपया थोड़ा पानी लाओ न। दया करो।

राजा : मुझे खेद है।...अब कोई लाभ नहीं। ये मर चुकी है।

रानी : मर गई? नहीं...नहीं। ऐसा नहीं हो सकता।...उठो जागो प्यारी—मुनिया!

राजा : मुझे दो।

[कोमलता से राजा चिड़िया को रानी के हाथों से लेने का प्रयास करता है— लेकिन वह देती नहीं।]

राजा : हमें इसको गाड़ना होगा।

रानी : *(वह चिड़िया को नहीं छोड़ती)*—किन्तु तुमने इसकी हत्या क्यों कर दी।

राजा : ऐसा नहीं समझा था मैंने भी—क्षमा कर दो।

रानी : मैंने तुमसे मुनिया को मार डालने—थोड़ी कहा था?

राजा : ये मैं अब समझा। मैं मूर्ख हूँ।

रानी : बेचारी मुनिया चिरैया?

राजा : *(फिर से चिड़िया को लेने का यत्न करता है।)* —तुम्हारे हाथ में रक्त लगा है—जाओ अपनी अँगुलियाँ धो डालो। मैं चिड़िया को भूमि में गाड़ दूँगा।

रानी : (पीछे हटती है) ये अच्छा नहीं किया।

[राजा उसकी फटकार सुनता है— चुप रहता है।]

रानी : आप कितने कठोर हो! आप इसे और भी सताओगे। मैं नहीं दूँगी—इसे आपको।...जागो जागो मुनिया!

[रानी चिड़िया के साथ भाग जाती है। राजा उसी ओर एकटक ताकता खड़ा रहता है। लम्बी खामोशी। एकाएक वह जोर से बोलता है।]

राजा : मुझे दुख है।

गायक-सूत्रधार : स्मृतियाँ उभरतीं-पिघलतीं
घुल मिल जातीं—परस्पर
नितान्त भिन्न-भिन्न क्षण
ज्यों बिखर गए—एक ही संग
बिंध गए एक क्षण के तार में सारे
फिर वही क्षण उफनता-फैलता—
पसरता—बरस पर बरस-बरसों विस्तृत मात्र एक क्षण।

[धीरे-धीरे प्रकाश आता है तो राजा-रानी वयस्क हैं।]

रानी : लगता है महाराज आप तो हमारी गुलाबी झाड़ी पर—वो...जल त्याग करते रहे हो।...

राजा : *(खुशी से चीखकर)* ऐसा क्या... ? सचमुच ?...आप को पूरा भरोसा है न ?

[रानी हाँ में सिर हिलाती है। फिर हाथ की चार उँगलियाँ उठाती हैं।]

राजा : चार...चौथा महीना। अब तक बताया क्यों नहीं ?

रानी : आप जानते तो हैं *(फुसफुसाकर)* मैं पक्का होने तक रुकी रही।

[राजा खुशी से हँसता है। रानी को जहाँ-तहाँ चूमता है। फिर एकाएक रानी को हाथों पर उठाकर उसे चतुर्दिक घुमा देता है। गोल।]

रानी : क्या करते हैं—मुझे गिरा देंगे आप।

राजा : *(पीठस्थल पर रानी को झटके से बिठा देता है)* बिल्कुल नहीं। मैं आपको प्रेम करता हूँ—और आप गर्भिणी हैं...आप कितनी सुन्दर हैं, अद्‌भुत हैं—और कितनी महिमावान हैं...

रानी : *(हँसती हुई)* बस-बस। बन्द करिए बचपना।

राजा : मैं बहुत प्रसन्न हूँ। राज्यभर में उत्सव फैल जाएगा। किन्तु पहले हमें—माता को बताना चाहिए। वो तो उन्मत्त हो जाएँगी। कब से मनौतियाँ-पूजा प्रार्थना करती रही हैं राजमाता इसके लिए।

रानी : हाँ—सबसे पहले उन्हें ही बताएँगे हम।

राजा : चलिए। *(पुकारता है)* माता-माता।

[वे राजमाता के कक्ष की ओर तेजी से जाते हैं। रानी लजाती हुई, राजा हँसता हुआ— एक ओर से राजमाता का प्रवेश।]

राजमाता : क्या बात है? ऐ क्या पुकार लगा रखी है?

राजा : माता! हम दोनों को आशीर्वाद दो।

राजमाता : मेरा आशीर्वाद तो सदा है ही। अभी क्या हुआ?

राजा : आनन्द का समाचार है—सम्भवत: सर्वोच्च आनन्द का। हम दोनों को अब सन्तान होने को है।

[माता उसे विचित्र ढंग से देखती है।]

राजमाता : तुम्हें पूरा भरोसा है।

राजा : हाँ हाँ, बिल्कुल।

[राजमाता आँखें बन्द कर हाथ जोड़ तुरन्त प्रार्थना मुद्रा में आ जाती हैं। राजा-रानी आगे बढ़ माता के चरण छूते हैं। राजमाता बहू को कंधे से हौले ऊपर उठाती हैं— आलिंगन में लेकर रानी के केश सहलाती हैं।]

राजमाता : ईश्वर कल्याण करें। तुमने हमारे वंशवृक्ष को पल्लवित किया है। भगवान करे—तुम्हें पुत्र हो और उसकी यशगाथा से आठों दिशाएँ कम्पित हों।

[कोमलता से रानी को बैठाती हैं।]

अब अगले कुछ महीने बहुत महत्त्व के हैं—तुम्हें विशेष सावधानी बरतनी होगी।

राजा : हाँ माता। रानी तुम्हारी आज्ञाकारिणी बहू होंगी।

[रानी लजाती है— थोड़ा हँसती है।]

राजमाता : शुभ हो। अब मुझे चलना चाहिए—अपने देव मन्दिर जाकर उच्छव करने—इस अद्‌भुत वरदान के लिए कृतज्ञता- पूजन भी तो करूँ प्रभु का।

राजा : अवश्य माता।

राजमाता : मैं तुम्हारे लिए प्रसाद भेज दूँगी।

[जाती हैं। राजा और रानी पूर्व स्थान पर लौट आते हैं।]

रानी : हाँ! अब दिखाती हूँ उन सबको। सूअरों सब को दिखा दूँगी मैं। इतने वर्षों तक प्रतीक्षा की है मैंने इस घड़ी की। इसी हेतु प्रार्थनाएँ की हैं।...उनकी दृष्टियों से लज्जित।

राजा : भला चाहते थे वे भी। उन्हें चिन्ता थी।

रानी : दुष्टता थी।

राजा : प्रजा हैं—उत्तराधिकारी में रुचि—स्वाभाविक बात है।

रानी : आपकी प्रजा। मेरे न्यायाधीश मुझे जाँचने वाले पारखी थे, मेरे प्रताड़क ये सब, मेरे विरुद्ध थे, एक साथ।

राजा : आपके विरुद्ध।

रानी : आप पुरुष लोग क्या समझेंगे—कैसा लगता है—जब अनजानेपन का अभिनय करना पड़ता है—जब उनकी दृष्टियाँ हमारे पेट की गोलाई को ताकती हैं—जंघाओं पर पड़े धब्बे पर दृष्टि टिकाए—मांसाहारी कौवों की—पाँतों पर पाँत— । और लहू तो फूटता ही। फूटते लहू की अंजुलि भर झपटने को आतुर कौवे, हर महीने। कैसी घिन आती मुझे स्वयं से—जब ऐसा होता था।

राजा : अब तो वह सब भुला दो—तुम्हारी विजय की घड़ी है।

रानी : *(अचानक हँसती है—राजा के केश झटकती है)* हाँ हाँ। निश्चय ही। आपके लिए। आप जो दूसरी पत्नी ला सकते थे और नहीं लाए।

राजा : हाँ हाँ—नहीं लाया।

रानी : कभी-कभी मुझे लगा आपको लानी चाहिए थी।

राजा : आपको लगा?

रानी : हाँ। मात्र बच्चे जनने। तब मैं आपसे सम्भोग करती—मात्र सम्भोग के लिए सम्भोग। कितना तरस गई मैं उन क्षणों को। किन्तु अब ऐसी आशा कर सकती हूँ।

राजा : तुम्हारा अर्थ है—अब अधिक आनन्द होगा?

[दोनों हँसते हैं—आलिंगन]

रानी : आप को विश्वास है कि अब राजमाता—सच में अप्रसन्न नहीं हैं?

राजा : अप्रसन्न? बावली हैं आप? उन्हें पौत्र की उतनी ही कामना थी—जितनी हमें—पुत्र की।

रानी : इतने वर्षों तक उन्हें आशा थी—आपके लिए नई रानी ले आएँगी—तो अब...

राजा : अब उन्हें पौत्र मिल जाएगा। देखो—हम उन्हें बदल नहीं सकते। मेरी अब कोई, और माता नहीं हो सकती न? भला वे कोई और पुत्र भी कैसे प्राप्त कर सकती हैं—और (हँसते हुए) मैं दूसरी पत्नी की सोचूँगा भी नहीं। स्पष्ट है न कि स्थिति अब अपरिवर्तनीय है।

[रानी को चूमता है]

चाहता हूँ—आप इतनी शंकालु न रहें अपने प्रति। लोग आप को नापसन्द नहीं करते—

रानी : वो करती हैं। उन्हें दोष नहीं दे सकती। मेरे कारण आपने—उनका धर्म छोड़ दिया—उनकी—अधिष्ठात्री देवी माँ भवानी।

[रानी बढ़कर खिड़की पर जाती है। बाहर ताकती है।]

मुझे आशंका है—भय।

राजा : क्या भय?

रानी : *(संकेत करती हुई)*—वहाँ वह छाजन का छोटा-सा मंडप। आपने संवेदनापूर्वक उसे दीवार से घिरवा दिया ताकि वह बड़ा दिखाई न दे। किन्तु उसका शीर्ष भाग दीखता ही है। लुप्त होना अस्वीकार है उसे जैसे।

राजा : वहाँ की मिट्टी...उससे ऊँची प्राचीर नहीं ठहर सकती।

रानी : उसी बाड़े में आपकी माता अपने पशुओं को बाँधती हैं।

[खामोशी]

इतने वर्षों से दिखावा करती रही मैं—उस सबका अस्तित्व नहीं है। घनी रात में बलि के लिए खींचे ले जाते मेमने की करुण—मिमियाहट सुनकर भी अनजान बनी रहती मैं।

[खामोशी]

तो भी आप सोते रहिए, आप इन्हीं स्वरों के साथ पले-बढ़े हैं, मैं नहीं। वे स्वर मेरी नींद तोड़ कर उड़ा देते हैं—जागती रहती हूँ मैं। ये मुझे बुरा नहीं लगा—ये मेरा अभिनय था।

राजा : मैं जानता हूँ—खेद है...

रानी : क्योंकि मैं आपकी माता को दुखाना नहीं चाहती थी।

राजा : अब ये प्रश्न क्यों?

रानी : अभी आपकी माता ने कहा न—वो उच्छव मनाएँगी—इससे उनका अर्थ क्या है?

राजा : *(कोमलता से)* प्रिये! इससे हमें क्या अन्तर पड़ता है? वह हम से तो कुछ नहीं माँग रहीं न?

रानी : अवसर के अनुसार पशुओं की श्रेणी होती है—सामान्य अवसरों पर हर दिन छोटे—पंछी ही तो बलि चढ़ते हैं।

कुछ और महत्त्व का अवसर हो तो भेड़ और बकरे काटे जाते हैं। और बड़ा अनुष्ठान हो तो फिर भैंसों का प्रसाद।

राजा : जानती तो हैं—ये हमारे वंश की रीति रही है।

रानी : किसी समय देवी को प्रसाद में नर बलि भी तो चढ़ाते थे, नहीं क्या?

राजा : हाँ—किन्तु—वह तो कई पीढ़ी पहले होता था।

रानी : मान गए कि परम्परा छोड़ भी सकते हैं। कम-से-कम बदल तो सकते हैं।

राजा : माता नहीं मानेंगी। अपना नियम नहीं तोड़ेंगी। तुम जानती तो हो। उन्हें लगता है—हमारे पूर्वजों के प्रति ये ऋण है। हमने पहले भी तो ये सब भोगा है।

रानी : किन्तु अब हमारे बच्चे की बारी है। आप क्या समझते हैं—राजकीय जन्म के अवसर पर देवी को क्या बलि चढ़ानी चाहिए— ?...

[राजा निरुत्तर]

सुना है आपके जन्म पर—कई कोसों तक—धरती का हर कण रुधिर से लाल हो गया था।

[खामोशी]

नहीं। मैं नहीं चाहती यह। हमारी सन्तान के नाम पर तो बिल्कुल नहीं।

राजा : *(शान्त स्वर में)* आपकी भावना को समझता हूँ। किन्तु यों सोचिए—राजमाता ने भी यह तो स्वीकार लिया—हम दोनों उनकी हिंसक पूजा में भाग नहीं लेंगे। यह भी कि वह अलग—अपने मन्दिर में जो कुछ करेंगी—अपने बन्द कक्ष में।...यह कांड यहीं समाप्त मानें तो ही भला।

रानी : मैं उनको पीड़ा नहीं देना चाहती। वह अपनी आस्था के साथ रहें—किन्तु हम जैन हैं। हमारा पुत्र भी जैन होगा। हर जीव के प्रति करुणा और अहिंसा के सिद्धान्त धर्म की रक्षा

करनी होगी उसे भी। उस पुत्र के आगमन के स्वागत में ऐसा हिंसक पूजन—और हम ऐसा होने देंगे? अनुचित होगा। अनुचित और भयंकर।

[अचानक रानी को चक्कर आता है। राजा उसे सँभालते हैं। वो वमन करती है— । सँभलने पर राजा उसे चबूतरे वाले पूर्व स्थान की ओर ले जाता है। रानी बैठती है। राजा राजमाता के निवास की ओर प्रस्थान करता है।]

राजा : माता!

राजमाता : कहो!

राजा : माता—आप क्षोभ न करें—किन्तु...

राजमाता : गोल गोल नहीं—सीधी बात कहो।

राजा : एक वचन चाहिए माता।...हमारे पुत्र जन्म पर कोई रक्त बलि नहीं होगी—वचन दीजिए।

[खामोशी]

राजमाता : मुझे इसी की आशंका थी।

राजा : कृपा...माता!

राजमाता : तुम मुझे मेरी पूजा के अधिकार से वंचित करोगे।

राजा : *(दृढ़ता से)* नहीं माता। ऐसा नहीं है।

राजमाता : मेरी देवी भवानी से ऐसा व्यवहार—जैसे वह कोई जंगली-छिछली पिशाची हो। देवी तक पहुँचने का मेरा मार्ग काटते हो?

राजा : माता! माता तनिक समझिए। हम आप की विधि-पूजा पाठ कुछ नहीं रोक रहे। मैं जैन हूँ। मेरा पुत्र भी जैन है—एक जैन राजा। उसके स्वागत में मृत्यु हो—यह कैसे होने दूँ?

राजमाता : तुम जन्मे जो जैन नहीं थे। मेरे पुत्र होकर जन्मे थे तुम। तुमने मुझे छोड़ दिया—मेरा पंथ छोड़ दिया। स्त्री चुनकर

अपने धर्म में लाने के बदले तुमने उसका धर्म अपना लिया!

राजा : क्योंकि—मुझे उसमें सत्य का दर्शन हुआ—संसार की पीड़ा के प्रति करुणा दिखी मुझे—उसके धर्म में। मैं पीड़ा को बढ़ाना नहीं चाहता—किसी को ऐसा करने भी नहीं दूँगा। अपने पुत्र-जन्म पर तो निश्चय ही नहीं।

राजमाता : वह मेरा पौत्र भी होगा। मैंने भी उसके लिए प्रार्थनाएँ की हैं। मेरे लिए वह मेरी देवी का वरदान है।

राजा : राजा का एक ही धर्म होता है। मैंने अपना धर्म चुन लिया है।

राजमाता : मेरी भावना कुछ नहीं तुम्हारे लिए। माँ है—ऐसे ही बलबलाती है—रोना-धोना है—बस? ठीक है। उसे अपने मन की करने दो—मैं राजमहल से निकल जाती हूँ।

[राजा— उन्हें रोकने का प्रयत्न करता है।]

राजमाता : मैं अलग अपनी कुटिया में रहूँगी—राजप्रासाद के बाहर।

राजा : माता ये महल भी आपका ही घर है। आपने यहीं मुझे जन्म दिया था। पाला था। हम नहीं चाहते—आप जाएँ। ऐसा नहीं करें। मैं केवल इस एक अवसर की बात कर रहा था।

राजमाता : मेरे देवी-देवता पहले बहिष्कृत हो चुके हैं—अछूतों की तरह रहते हैं कहीं—तिरस्कृत और भूखे। मुझे उन्हीं के साथ चले जाना था। तुम्हारी ममता में अन्धी हो गई थी।

[खामोशी]

अच्छा, एक वचन दो मुझे।

राजा : कहिए।

राजमाता : मैं राजमहल से दूर रहूँगी—अपना कोना बनाकर। किन्तु वहाँ मैं अपने ढंग से रहूँगी। अपने देवी-देवता के साथ। अपने बलि के पशुओं के साथ। तुम दोनों उसमें कोई बाधा नहीं दोगे।

राजा : स्वीकार है माता!

राजमाता : वचन देते हो।

राजा : हाँ देता हूँ।

राजमाता : ठीक। मेरे देवालय के पास ही एक फूस का मंडप बनवा दोगे? हाँ मेरे पशुओं के लिए—एक बथान!...नहीं तो मैं स्वयं प्रबन्ध करूँ?

राजा : प्रबन्ध हो जाएगा।

[जाने को मुड़ता है]

राजमाता : पुत्र! जाने से पहले...

[राजा रुकता है। राजा पहले से यह जानता है जैसे]

दुष्टता नहीं करना चाहती—किन्तु माँ हूँ न तुम्हारी इसीलिए थोड़ी चिन्ता है। तुम्हें पूरा विश्वास है कि—वह गर्भिणी है।

राजा : पूरा विश्वास है।

राजमाता : राजमहल की धाय से तुमने...पूछ लिया।

राजा : मैंने नहीं किन्तु उसने समझ लिया था।

राजमाता : मैं धाय से पूछना चाहती थी पूछा नहीं—सोचा तेरी रानी ये जानेगी तो यही समझेगी कि मैं उस पर सन्देह करती हूँ।

राजा : *(हँसता है)* हाँ करती हैं! किन्तु इसका कोई कारण नहीं।

राजमाता : तुम्हें स्वयं—पूछ लेना चाहिए।

राजा : मुझे पत्नी की बात पर पूरा भरोसा है।

राजमाता : याद है न, पिछली बार क्या हुआ था?

राजा : याद है किन्तु...

राजमाता : चाहती हूँ—इस बार वही आवृत्ति न हो!

राजा : तब तक वह नासमझ ही तो थी। बहुत कम ज्ञान था उसे...ये सब। और इतना भार था उनके मन पर... उत्तराधिकारी उत्पन्न करना। मासिक में कुछ सप्ताह का विलम्ब हुआ—सभी ने नगर में फैला दिया कि वो गर्भ से है—फलतः—वह भी मान गई—ऐसा ही है—अबोध।

राजमाता : उसने घोषित किया था—वह गर्भिणी है।

राजा : यह उसकी बलवती इच्छा थी—चिन्ता के साथ।

राजमाता : उसने सारे लक्षण दिखा दिए—मासिक रुकना ही नहीं—उसका पेट भी बढ़ने लगा—सवेरे-सवेरे चक्कर भी आने लगे। धन्य है।

राजा : इतना सब, अभिनय तो नहीं किया उसने।

राजमाता : समस्या इतनी है कि महारानी अत्यन्त कल्पनाशील है।

राजा : संवेदनशील है।

राजमाता : आत्मकेन्द्रित है। स्वयं से लिपटी रहती है। आसपास के संसार को भी तो सुने-देखे।

राजा : वह एक अच्छी पत्नी है। एक अच्छी रानी है।

राजमाता : तुम सभी हँसी के पात्र बन गए थे। लोकापमान सहा तुमने।

राजा : सहा नहीं—सामना किया। एक राजा को कभी यह भी करना होता है।

राजमाता : शीघ्र ही ज्ञात हुआ—वह भ्रमगर्भ था। राजमहल की दो दासियाँ खिलखिला रही थीं—एक बोली—मुर्गी को अंडा देने के लिए मुर्गे की आवश्यकता नहीं भी होती है। वह स्वयं भी सब कर सकती है।...लज्जा-अपमान से मेरे तो प्राण ही सूख गए थे।

राजा : ऐसा कहने के दंड में आपने उन्हें निष्कासित तो नहीं किया?

राजमाता : कर दिया मैंने।

राजा : राजमहल के बाहर क्या जिह्वा रुक जाती है।

राजमाता : तुम्हारा महल था—तुम्हारा और उसका, इसी कारण उनकी जीभें मैं काट नहीं सकी।

[राजा कन्धा उचकाता है— राजमाता बाहर जाती है। प्रकाश फिर मंच पर आता है— तो पहले हम महावत को देखते हैं— वह पी रहा है। वह धूर्त दृष्टि से राजा और रानी को देखता है। लम्बी खामोशी। रानी धीरे से राजा के पास आती है।]

रानी : *(कोमलता से)* हम चलें। कृपया।

[राजा कोई प्रतिक्रिया नहीं दिखाता।]

महावत : यहाँ क्या अटके हो? अपने महल वापस जाइए—क्यों?

राजा : *(वेदनापूर्वक)* हे ईश्वर! परमात्मा—प्रभो!

महावत : मुझे लगा मैं गया ऊपर—बचूँगा नहीं—जीवन इतिश्री!...अब कुछ बरस बच ही गए—तो शान्ति से जीने दो। जाओ जाओ आप, अपने राजमहल।

रानी : (राजा से) शपथ लेती हूँ—इसकी आवृत्ति नहीं होगी। कदापि नहीं। कृपा...

[राजा कोई प्रतिक्रिया नहीं करता। खामोशी]

रानी : अच्छा तो...

[रानी द्वार की ओर बढ़ती है।]

राजा : नहीं। कृपया रुको।

[रानी रुक जाती है।]

इसमें अधिक विलम्ब नहीं होगा?

रानी : *(अचरज से अस्फुट)* किस में विलम्ब नहीं होगा।

राजा : बताऊँगा। तनिक स्वस्थ हो लेने दो। बता दूँगा—क्या करना है। *(खामोशी)*

मेरी साँस तो आने दो। वह सब भुगतने के बाद—पहरों तक—

रानी : *(चौंककर)* क्या? कब से हैं आप यहाँ?

[राजा—कन्धे उचकाता है।]

आप बाहर खड़े रहे—इस सब के बीच और बाहर-भीतर जो हो रहा था—सब सुनते रहे आप?

[अविश्वास के साथ]

हे भगवान!

राजा : विकल्प क्या था?

[राजा के संवाद के साथ ही मंच का प्रकाश बदलता है। महावत का गीत पार्श्व से उभरता है। महावत नहीं गाता— बल्कि कोई वादक मंच पर वाद्ययंत्र पर धुन बजाता है और महावत मात्र मुख संचालन करता है। प्रकाश का एक पुंज महावत-राजा पर पड़ता है— राजा स्वस्थ होता दीखता— क्षण प्रतिक्षण।]

राजा : मध्य रात्रि। उसने गाना आरम्भ किया—कहीं दूर से। मुझे लगा आप की निद्रा टूटी, मैंने अपनी शय्या से आपका सरकना अनुभव किया—आप उठीं। आप निकल पड़ीं।... मैंने आँखें खोलीं। देखा आप खिड़की पर झुकीं—सुनती रही तन्मय और फिर खिसक गईं। मैं भी पीछे लगा। जमा देने वाली ठंड थी। आपने अंग वस्त्र नहीं ओढ़ा...आप राजकीय उद्यान से होकर निकलीं...फिर...मार्ग पर...और इस जीर्ण मन्दिर में प्रवेश कर गईं। गायन रुक गया। कोलाहल स्वर हुए।...ओह! मन्दिर के गर्भ-गृह से आतीं वे पाशविक ध्वनियाँ-सीत्कार...। मेरी साँसें रुक गईं।

[रानी भयानकता से डरती अपने हाथों से अपना मुँह ढकती है।]

मेरा शरीर काठ-सा। श्वास लेना कठिन हो गया...
खुली वायु के लिए मैं भागा। वापस उद्यान की ओर भागा था मैं।

[राजा उद्यान की तरफ़ भागता है, लगभग एक चीख में मुँह फाड़ता है किन्तु सहसा अपने हाथ की मुट्ठी से अपना खुला मुँह भींच लेता है। अपना सिर पकड़ कर बैठ जाता है। अपने पर नियंत्रण करता है। राजमाता का प्रवेश। दूर से ही वो राजा को देख लेती हैं।]

राजमाता : पुत्र!

राजा : माता आप? यहाँ क्या कर रही हैं? इस बेला?

राजमाता : जानते तो हो पुत्र—मेरी प्रार्थनाएँ मध्यरात्रि की वेला में ही सम्पन्न होती हैं। आज की रात तनिक विलम्ब हो गया। क्या तो आलोक था—क्या संगीत था—सब सुन्दर। मैं महल लौट रही थी तो तुम दिख गए। तुम यहाँ, क्या प्रयोजन है इस वेला?

राजा : कुछ घुटन लगी, कुछ ताप भी। अतः खुली हवा के लिए इधर निकल आया।

राजमाता : गरमी लगी तुम्हें। घने जाड़ों में भी? मैं तो ठिठुरी जा रही हूँ।...तुम्हें कुछ गरम छादन या कुछ धारण करना चाहिए पुत्र।

राजा : कृपा है माता—मैं स्वस्थ हूँ।

राजमाता : बचपना नहीं—देखो उधर—सरोवर में हँस भी हिम जड़ित हो रहे हैं। (हँसती हैं) हिमखंड से उकेरी हुई प्रतिमा लग रहे हैं। नहीं? तुम्हें गरमी लगी—ताप!

[विराम। उन्हें कुछ असहज लगता है। निकट जाती हैं। राजा आधे भाग मुड़ते हैं कि माता उनकी स्थिति भाँप न ले।]

अरे—तुम्हें तो...पसीना बह रहा है—आँखें एकदम लाल रक्तिम। पुत्र तुम ठीक...ठीक तो हो?

[लम्बा अन्तराल]

राजा : हाँ।

राजमाता : क्या हुआ? तुम्हें त्रास कैसा?

राजा : मुझे? कुछ नहीं।

राजमाता : मुझे बनाओ मत। तुम्हें जानती हूँ। जिस क्षण तुम्हें—वहाँ से देखा—जान गई मैं। अन्धकार में भी कुछ तो विपद है। है न? अत्यन्त विपन्न।

राजा : क्या चाहती हैं माता—क्या कहूँ मैं? कहा न कुछ ऐसा नहीं। मात्र खुले में घूमना था—अत:...

राजमाता : अपना हाथ दो मुझे।

[राजमाता राजा का हाथ थामकर अपने सिर पर रखती हैं।]

यदि तुम अपने मन की बात मुझे नहीं कहोगे—तो मेरा मस्तक टुकड़े-टुकड़े हो जाए—'सहस्र खंड मम मस्तक:'—

[राजा अपना हाथ खींच लेता है—जैसे डंक लगा हो।]

राजा : माता क्यों मेरे पीछे लगी हैं आप? मुझे अकेला क्यों नहीं छोड़तीं?

राजमाता : मिथ्या बोलते हो, छुपा रहे हो कुछ। अपनी ही माँ से। अवश्य कोई गम्भीर बात है।

[विराम। क्रोध से जोर देकर।]

बताओ मुझे। बता दो। बताओ नहीं तो मैं तेरी सहायता करूँगी कैसे?

राजा : प्राय: आधी रात...मुझे सपना आया। मेरी निद्रा भंग हो गई।

राजमाता : अच्छा। स्वप्न क्या था?

राजा : स्वप्न में देखा *(विराम)* देखा कि राजहंस हमारे उद्यान के पंक में फँसा पाँखें फड़फड़ाता है।

राजमाता : वह सहायता माँग रहा था?

राजा : नहीं जानता...। सम्भवत:

राजमाता : वह कीच में फँसा था—उलझा हुआ। सहायता के लिए रुदन करता हुआ?

राजा : हाँ माता।

राजमाता : और फिर?

राजा : कुछ नहीं। मैं जग गया। नींद उड़ गई और बाहर आ गया—घूमने।

राजमाता : और यह देखने भी कि सच में राजहंस ठीक तो है?

राजा : नहीं। ऐसा नहीं। क्या जानूँ कि...सम्भवतः ऐसा ही। वो स्वप्न बहुत ही स्पष्ट था। एकदम वास्तविक लगा। *(हँसता है)*

जो भी हो किन्तु...राजहंस सुरक्षित है—गहरी नींद सोया है।... अब आप प्रसन्न हैं?

राजमाता : नहीं। मैं प्रसन्न नहीं।

राजा : मैंने सच ही कहा है।

राजमाता : जानती हूँ। प्रसन्न हूँ कि तुमने कहा। यह एक दुःस्वप्न है।

राजा : अब तो माता...

राजमाता : ये शुभ लक्षण नहीं।

राजा : माता, यह सब मत आरम्भ करें।

राजमाता : सपने हमें बताते हैं—सावधान करने आते हैं।

राजा : आप समझीं—क्यों मैं इस विषय में आपको बताने से झिझक रहा था।

राजमाता : सपने मुझे बता देते हैं। जब भी मैंने उनके संकेतों को टाला—विपदा पड़ी है। तुम्हारे पिता को मैंने खोया—तब भी पूर्व संकेत हुए थे—तुम्हें ज्ञात है। मैं अब भी कोसती हूँ स्वयं को।

ऐसा स्वप्न महामारी की तरह है—जितना टालोगे उतना ही फैलेगा। परिजन और पुरजन सभी को ग्रस्त करता है। संयोग अच्छा है कि मैं ठीक समय पर जान गई।

[राजा की अंगभंगिमा इसके प्रति नगण्यता की होती है।]

राजमाता : तुम अपने शयन में लौट जाओ—अथवा...इधर उद्यान में घूमो फिरो...किन्तु पहले अंगवस्त्र ओढ़ो और छोड़ो स्वप्न को मेरे पास।

राजा : आप कहाँ जाएँगी ?

राजमाता : मत पूछो ?

[लम्बा विराम। राजा उत्तर की प्रतीक्षा में।]

राजमाता : शीघ्र ही घना कुहासा होने को है। तुम भींगे हुए हो। टपकती बूँदें। जाओ वस्त्र बदलो और सो जाओ।

राजा : आप बताती क्यों नहीं—आपकी योजना क्या है ?

राजमाता : मैं अपनी भवानी को सौ पंछियों की बलि भेंट करूँगी।

[राजा ने ऐसा ही कुछ अनुमान किया तो था—किन्तु फिर एक अचम्भित अवाक निश्वास निकल ही जाता है।]

एक सौ चहकते पंछी। भवानी के सूखे फटे कंठ को हम सिक्त कर सकें तो हम विपदा को टाल सकते हैं।

[प्रकाश बदलता है। हम देखते हैं राजा-रानी और महावत।]

महावत : जानता था—मैं जानता था—अन्त में आपदा मुझे ही कोंचेगी *(बिजली टूटेगी)*
नहीं। महाराज—नहीं नहीं। सौ-सौ चहकते गाते पंछियों का गला काटना...इसका फल हम समझते हैं—ये तो जादू टोना है। मुझे कोड़े मारिए—जलता लोहा छाप दीजिए लेकिन—नहीं—मेरा गला—मेरा सुर नहीं छीनो—मेरा सुर...।

राजा : शान्त!

महावत : मेरा सुर ही नहीं तो मेरा क्या होगा ?...मेरे पास और कुछ भी नहीं।...गीत ही तो हैं। दया करो दया। राजा, सत्यनाश मत करो मेरा सुर लेकर...

रानी : घबराओ नहीं। तुम्हें कुछ नहीं होगा—मेरा दायित्व है—

महावत : दुहाई...महारानी! आप मेरे लिए माता देवी जैसी हैं—आपकी दया कभी नहीं भूल सकता—महारानी।

[रानी के पैर छूता है।]

रानी : मुझ पर भरोसा करो। संसार को तुम्हारे स्वर से वंचित नहीं होने दूँगी। उस स्वर संगीत को हीन नहीं करूँगी।

[महावत के केश सहलाती है।]

राजा : *(विरक्त भाव से दृष्टि फिराते हुए)* धन्य है।

रानी : अपनी घृणा मुझ से परे रहने दें। अपना रक्तपात और हिंसा स्वयं धारण करें। मुझे उसका स्वर ही श्रेष्ठ लगता है।

राजा : मुझे बात पूरी करने दोगी?

रानी : हाँ बोलिए।

राजा : मैंने अस्वीकार कर दिया। किसी भी रक्त बलि का प्रश्न ही नहीं।

• *[रोशनी बदलती है— राजा और राजमाता]*

माता! माता...कुछ भी मत करें। रहने दें जो भी है—है।

राजमाता : तुम्हें भाग लेने को नहीं कहती मैं।

राजा : ज्ञात है। तथापि—मैं नहीं चाहता आप कुछ भी करें। कोई अनुष्ठान नहीं, बलि नहीं। *(विराम)*
कृपा करें माता। मात्र इस बार। कोई रक्त-पात नहीं।

रानी : *(अँधेरे भाग से)* आपने यह क्यों नहीं कहा कि कोई स्वप्न नहीं था। कोई राजहंस नहीं। सब का बहाना था।

राजा : ऐसा किया मैंने? सच? मैं निश्चित नहीं।
बात राजहंस की थी—किन्तु मेरी सोच में तुम्हीं थीं।

राजमाता : *(बौखलाकर)* तुम मुझे रोकना चाहते हो? जब मैं महल से अलग हो—अकेले रहने लगी—तब तुमने वचन दिया था। (विराम)

राजा : माता आप कुछ नहीं करें क्योंकि...कोई स्वप्न देखा ही नहीं। वह झूठ था—मैंने मिथ्या कहा...

[राजमाता उसे घूरती है। उसे समझ में आती है बात।]

राजमाता : कोई स्वप्न नहीं।

राजा : हाँ...नहीं। स्वप्न मात्र एक गढ़न्त टुकड़ा है...अतः आपको कुछ नहीं करना।

[राजमाता के सिर पर हाथ धरकर]

लो। मैं शपथपूर्वक कहता हूँ—मनगढ़न्त था वह। अब तो ठीक।

[हाथ हटा लेता है। राजमाता फिर भी सोचती रहती हैं।]

राजमाता : कोई स्वप्न ही नहीं? तो ऐसा कहा क्यों—गढ़न्त भी... क्यों?

राजा : आप से कुछ तो कहना था!

राजमाता : कुछ छिपा रहे हो मुझसे!

राजा : (अचानक) ईश्वर? कोई छुटकारा नहीं क्या इस नर्क से।

[राजमाता उसे घूरती रहती हैं।]

राजमाता : नारकीय यातना में है तू? तो इस समय वह क्यों नहीं तुम्हारे संग। अवश्य वह भागीदार है इसमें? है न? इसीलिए तुम अपने को यों गाँठों में जकड़े जा रहे हो? गहन रात्रि में वह कहाँ है। कहाँ?

[विराम]

उसी से तुम भाग रहे हो। हो न?

[विराम]

क्यों?

[विराम]

मैं वचन देती हूँ तुम्हें। मुझे इसी क्षण उसके पास ले चलो। शपथ है—मैं अपना धर्म छोड़कर जैन बन जाऊँगी।

[विराम]

तुम सदा यही चाहते रहे। वह सदा चाहती रही।

[विराम]

मेरा अर्पण स्वीकार नहीं? क्यों?

[अचानक उसे सब सत्य भान होता है। भय के मारे दो चाप पीछे हटती हैं।]

ओ माता भवानी!...यह तो नहीं हुआ! आशंका थी मुझे सदा...ऐसा होगा अन्ततः...किन्तु यह न कहो कि उसने वही कर दिया...वह किसी के संग है...प्रेमी कोई...! हे ईश्वर!

[राजा मुँह फेरकर अलग हट जाता है।]

राजमाता : कब? आज रात...ऐसा ही होगा।
कल संध्या तो तुम बहुत प्रसन्न थे उसके साथ।...क्या वह महल में है?

[कोई उत्तर नहीं]

नहीं! तुम्हारा अर्थ...वह किसी की जंघाओं के बीच सोई है इस घड़ी!

राजा : माता!

राजमाता : ओ भयानक! भयंकर! कहाँ? कहाँ है वह? बता मुझे! किसी छिद्र में— ? दई मारे छछून्दर? कहाँ? कहीं देखा तुमने दोनों को? बोल...

राजा : संयत रहो माता।

राजमाता : उसका ऐसा पतन! वेश्या! और तू? यहाँ यूँ कैसा खड़ा है

तू। मैं उसके टुकड़े-टुकड़े कर दूँगी। भेड़िये और गिद्धों को खिला दूँगी। यही करो पुत्र। अभी।

राजा : उन्माद से बचो माता।

राजमाता : उसकी हड्डियाँ कुत्तों को दे दो। उसने तुमसे द्रोह किया है। वंचक। तुम पर अब अपने वचनों का बंधन नहीं। ये अहिंसा का अनर्गल वितंडा। उसे जाना ही था। जाने दो। वध कर दो, रांड और उसके प्रेमी का। तूने नहीं किया तो मैं करूँगी ये। मन्दिर से मैं अपना बलिका खांडा लाती हूँ—मैं...

[वह मन्दिर जाने को मुड़ती है। राजा उसे रोकता है।]

राजा : शान्त माता! शान्त!

राजमाता : कैसे पुरुष हो तुम ? अपना पौरुष खो बैठे हो। तुम नपुंसक...

[राजा के मुँह पर थूक देती हैं। राजा पीछे हटता है—इसी क्रम में राजमाता शान्त भी होती हैं। उन्हें आभास होता है—उन्होंने क्या किया। झट से आगे बढ़कर राजा का मुँह पोंछती हैं।]

क्षमा! मुझे क्षमा करो!

[दोनों एक दूसरे को देखते हैं। दोनों में परस्पर गहरा लगाव स्पष्ट होता है—उनकी आँखों में।]

इस वय में भी संयम नहीं आया मुझे। अपने क्रोध को बाँधना साधना नहीं सीखा—अब तक।

[राजा मुस्कुराता है।]

राजमाता : ठीक है। तुम्हें रक्तपात नहीं करना। तो बस उसे निकाल बाहर करो। ले आओ दूसरी रानी।

[कोई प्रतिक्रिया नहीं। विश्वास नहीं कर पाता।]

राजमाता : निश्चय ही तुम ऐसा नहीं करोगे—उसे क्षमा कर दो ?...ऐसे कि जैसे कुछ हुआ ही नहीं ?

राजा : नहीं जानता—क्या करना है।

राजमाता : प्रेम करते हो उसे ? ऐसा प्रेम जो वेश्या से होता है।...उसने हमारे कुल को पाप में डुबा दिया। —राक्षसी शक्तियों को बुलावा दिया उसने !

राजा : माता...कृपा...दया करो, मुझे सँभालो।

राजमाता : तुम्हें त्रास देकर मुझे कौन-सा सुख मिलेगा। मेरी इकलौती सन्तान हो तुम। मेरी जीवन ज्योति।

राजा : सहारा दो...*(खामोशी)*
मैं...खो गया...।

राजमाता : हमें कुछ तो करना ही होगा।

[माता उसे घूरती हैं—गहरी पीड़ा से द्रवित होती हैं—पास जाती हैं।]

जीवित पशु बलि तुम नहीं करोगे।

राजा : मैं विवश हूँ।

राजमाता : यदि वह जीवन्त ना हो ? फिर तो ठीक ?

राजा : अर्थात् ?

राजमाता : नहीं नहीं मुर्दा शव नहीं...मूर्ख ! देवता की वेदी जीवित बलि न दो तो—जीव की कलानुकृति का चढ़ावा कर सकते हैं।

[हँसती है]

तुम भी कैसी बुद्धिहीन हो— ! चलो—कोई रक्तपात नहीं होगा—हम ये समझौता कर लेते हैं।

राजा : जो भी करना है—मैं स्वयं करूँगा—मेरा प्रण है। आप नहीं करेंगी। कोई और नहीं। माता, जो भी हुआ है—

उसका सम्बन्ध मुझसे है—मेरी पत्नी से है—और उसकी मुझे आवश्यकता है। (पीड़ा से) मैं उसे नहीं छोड़ सकता।

[राजमाता उसे घूरती हैं।]

राजमाता : मान लिया। तुम उसके पास जाओ। मैं उधर ही आती हूँ—चढ़ावा लेकर। कोई रक्तपात नहीं होगा।

राजा : आभारी हूँ।

राजमाता : तो जाओ वहाँ और प्रतीक्षा करो। मैं आती हूँ। तुम्हारे पीछे।

[अनपूछे प्रश्न का उत्तर देने की तरह— सीत्कार में।]

राजमाता : उसकी गन्ध से ही पहुँच जाऊँगी।

[राजमाता जाती हैं। थका श्लथ राजा बैठता है। फिर उठता है। अपना सिर पकड़ता है— रानी की दिशा में जाता है।]

रानी : *(तनाव में)*...और फिर?

राजा : *(पुकारता है)* माता! माता!

रानी : *(अचम्भित)* वह यहाँ? आप उन्हें साथ लाए हैं?

राजा : नहीं। मैं नहीं लाया। उन्हें हमारी गन्ध मिल गई।

रानी : चाहती हूँ, मैं भी आपको जान पाती...जितना कि वो जानती हैं।

[राजा द्वार पर जाता है।]

राजा : माता!

[राजमाता प्रकाश में उठती हैं— थाल उठाती हैं— गर्भगृह में स्थिर प्रवेश करती हैं।]

राजा : वहाँ—वेदी पर रख दें।

[राजमाता वेदी के सामने पटल पर थाल धर देती हैं।]

अब जाएँ माता—हमें छोड़ दें यहाँ। कृपया।

[राजमाता चलती नहीं]

राजा : मैं सँभालूँगा स्वयं सब कुछ।

[राजमाता मन्दिर से निकलती हैं। थाल के पास जाता है। थाल ढँका गेरुआ वस्त्र हटाने को ही होता है—तभी—वे सभी जड़ स्थिर हो जाते हैं।]

गायक-
सूत्रधार : *(स्वर)*—म्यान में, म्यान में है
कृपाण शिकारी की
बड़ी तेज है धार
काँधे बँधे धनुतीर
और कुल्हाड़ा
काटने को तैयार
स्तब्ध, किन्तु सब स्तब्ध हैं।
झपटता श्वान पीछे
रुके, थमे विविध रेखांकनों के माँड़ने
दुलराते स्वागत में—निछावर
आँगन बिछा चित्रित तारकों भरा आकाश
सहसा कुहासे की चादर सिमट आती
और क्यों...थर-थर कम्पित मेरा
हृदय।...
समक्ष जब भेड़िये की
धधकती दृष्टि
भेड़िये की आँख में
ज्वलित अंगार...अंगार!

[राजा अर्चन के थाल में रखी वस्तुओं पर ढँका गेरुआ वस्त्र हटाता है। महावत आगे बढ़कर सब देखने से स्वयं को रोक नहीं पाता। पूजा अर्चना की सामग्री— फूल, गेरु , धूप, कर्पूर आदि के बीच पूर्णाकार मुर्ग खड़ा है— सिर उठाए— चोंच खुली है— जैसे वो बाँग दे रहा हो। रानी स्तब्ध साँस लेती है।]

राजा : यही चढ़ावा है। आटे की बलि। जीवित पंछी के बदले।

[रानी आटे के मुर्ग को घूरकर देखती है। राजा उसे आश्वस्त करता हुआ।]

राजा : यह आटा है। जड़।

[महावत खिलखिलाता है— छुटकारे के भाव से अधिक— उन्माद से कम]

राजा : सावधान!

[महावत अपने कोने में लौट जाता है— अपनी हँसी दबाता हुआ]

कोई दुस्साहस नहीं! शान्त!

[राजा पलटकर रानी की ओर देखता है। सहजता का भाव जताते हुए— राजा तलवार को मुर्गे के ऊपर थामता है।]

तुम्हें इतना ही करना है—कि अपने दाहिने हाथ की हथेली मेरी मुट्ठी के ऊपर रखो—इस प्रकार।

[करके दिखाता है— अपनी बाईं हथेली दाहिने हाथ के ऊपर रखता है।]

और मैं धार को आटे के लोथड़े में धँसा दूँगा—हम दोनों एक साथ करेंगे यह। और बस—यह कांड पूरा—समाप्त।

रानी : यह मन्दिर है! आप इसे अपवित्र करेंगे।

राजा : यह तो मात्र आटे का है। कोई हिंसा नहीं इसमें।

रानी : और तलवार। धार से काटने की क्रिया—वही तो हिंसा है।

राजा : कोई रक्तपात नहीं।

रानी : फिर क्यों करते हैं यह? क्यों? रक्त हो तो भी अर्थ है क्योंकि आप रक्त के प्यासे देवों में आस्था रखते हैं। परन्तु यह...इस प्रकार क्यों छलते हो आप, स्वयं को?

राजा : छोटी-सी बात है। एक प्रतीक-संकेत मात्र...

[रानी राजा को देखती है। उसकी आँखों में राजा के प्रति करुणा का भाव। राजा उसे विमूढ़ ताकता है।]

रानी : मुझे बचाने के लिए करते हो यह सब—है न? पक्का उपाय कि आपकी माता अपनी हिंसा से मुझे आघात न पहुँचा सकें। नहीं?

[विराम]

बहुत भले हो तुम! सदा से जानती हूँ।

[विराम]

स्यात मैं आपके योग्य नहीं।

राजा : *(कोमल स्वर में)* तुम्हें वापस चाहता हूँ—तेरे बिना नहीं जी सकता।

रानी : मैं भी नहीं...

राजा : हाँ किन्तु...हम ऐसे भी तो नहीं लौट सकते न जैसे कुछ हुआ ही नहीं। कुछ हुआ है। कुछ...भयानक। माता के भरोसे नहीं छोड़ सकते उस हुए को सँभालने। ये मेरी समस्या है। हमारी।

रानी : हम दोनों साथ झेलेंगे इसे। किन्तु यहाँ नहीं। घर पर।
राजा : और इस कुक्कुट को घर लेकर चलें। अपने साथ?

[बात में एक नया स्वर आ गया जिससे रानी डर जाती है।]

रानी : घर ले चलें? क्यों?
राजा : नहीं तो समस्या सुलझेगी कैसे?
रानी : मैं समझी नहीं?

[विराम]

राजा : हम इस समस्या का सामना कैसे करेंगे?

[मुर्गे को देखता है]

इसके बिना?
रानी : इसे लेकर क्या होगा?
राजा : नहीं जानता।...मुझे लगता है कि इस से कुछ हो सकेगा।
रानी : कैसे?
राजा : नहीं जानता। किन्तु मैं जब बाहर था—प्रतीक्षा में खोया-खोया...भटकनभरा—वेदना में डूबा हुआ...तो माता आईं ये चढ़ावा लेकर। मैंने इसे देखा...और मुझे लगा मैं ठीक हूँ पहले से।

[विराम]

मुझे लगा—कहीं से सहायता आ रही है—त्राण।

[विराम]

इसने संकेत-सा किया।

[विराम]

मुझे आश्वासन मिला। इसने कहा...प्रश्न मत करो। समर्पण करो।

[विराम। रानी उसे घूरती है।]

देखो इसे। मात्र देखो। कृपया। सम्भव है तुम समझ पाओ... मैं...मेरा मन्तव्य...मुझे विश्वास है तुम समझोगी। यह सहायता करेगा।

रानी : सम्भवतः। और तुम इस पर ही आघात करोगे।

राजा : आघात नहीं—बलि—न्यौछावर। यही तो बात है जिस कारण ये है—इसको होने का उद्देश्य।

रानी : आप समझ रहे हैं न कि इन शब्दों के द्वारा मेरे जीवन का अर्थ भी पूरा हो जाता है। इसी के साथ-साथ।

[विराम]

मैं इसमें भाग नहीं लूँगी।

राजा : (आतुरता से) तुम्हें विश्वास करना आवश्यक नहीं। केवल विधि को पूरा कर दो। पर्याप्त है।

[रानी दृढ़तापूर्वक सिर हिलाकर ना का संकेत करती है।]

रानी : अपने साथ ऐसा क्यों करते हो आप। नितान्त शिशु हैं, अबोध।...चाहते हो मुझे सताना किन्तु—स्वयं को पीड़ित कर रहे हैं।

राजा : कुछ करना होगा न मुझे। किन्तु क्या? इसका उत्तर नहीं मेरे पास।

रानी : अच्छा तो...करिये जो आपका मन चाहे। जो आप को स्वास्थ्यकर लगे। मैं घर जाती हूँ।

राजा : किन्तु जा नहीं सकतीं आप। मैं जाने नहीं दूँगा—सकता ही नहीं।

रानी : नहीं जाने दे सकते?

राजा : क्योंकि हम पति-पत्नी हैं। —ईश्वर की दृष्टि में संयुक्त—पवित्र अग्नि के साक्ष्य में एक किया गया हमें। हम अपनी शपथ से बँधे हैं—हमें सब कुछ—संग-संग करना है। एक साथ।

रानी : आप चाहते हो मैं आपकी पत्नी की भूमिका में रहूँ—और स्वयं को कुलटा घोषित करने में भागीदार बनूँ।

राजा : सुनो...क्या हम संसार का सब कुछ जानते हैं? हो सकता है...कुछ ऐसी—शक्तियाँ हों—जिन्हें हम बिल्कुल नहीं जानते?

[विराम]

कौन जाने—यदि हमने माता की बात मानी होती तो हमारा बच्चा नष्ट न होता।

[रानी राजा को भयातुर होकर देखती है। विराम]

रानी : ये क्या कहा है आपने?

राजा : नहीं ज्ञात—मेरा अर्थ है कि...मैं क्या...

रानी : अर्थात्...मेरी सन्तान नष्ट हो गई क्योंकि मैंने आपकी माता की आज्ञा नहीं मानी। क्योंकि मैंने हत्या और काट मार या रक्तपात नहीं किया?

राजा : मैं ये नहीं कहता।

रानी : यही तो—यही कहते हैं आप। अपने जीवन में—पक्की आयु में आकर मैंने गर्भधारण किया—गर्भपात हो गया—और आप कहते हैं कि...वह दंड था। अवज्ञा का दंड।

राजा : मैंने दंड की बात नहीं की।

रानी : अपनी सन्तान खोई मैंने। अब तक नहीं उबर पाई हूँ...यह समझते हो तुम। अब तक टूटी हुई हूँ—ध्वस्त...और तुम कहते हो अब कि वह मेरी कुटिलता का परिणाम था—प्रायश्चित। मेरा शुद्धिकरण।

राजा : बात सुनो!

रानी : शाप था—क्या मैं इसी योग्य थी? इतने वर्षों से आप मुझ पर प्रेम बरसाते रहे—संवेदना—समझ। आदर्श पति! ये सब छलावा था? इतना ही मानते रहे आप?

राजा : गर्भपात के लिए तुम्हें दोषी नहीं मानता। मुझे या माता को भी दोष कैसे दे सकती हैं आप—इसके लिए?

रानी : कई बार ऐसा भी लगा कि गर्भपात कर ही दूँ—जिससे मेरे गर्भ का प्रमाण मिले आपको—प्रमाण को देख सकें आप।

राजा : यह कैसी बात करती हो?

रानी : और...लगता है—इसीलिए उसके बाद मुझे गर्भ नहीं रहा क्योंकि राजमाता की देवी भवानी ने क्रोध में मुझे बाँझ बना दिया—इतने वर्षों तक आप भी यही मानते रहे—हे ईश्वर! घृणा है मुझे आपसे—आपकी माता से—आपके समस्त—प्रपंच...

राजा : नहीं। मैंने ऐसा पहले माना नहीं। किन्तु अब ऐसा मानूँ तो इसका दोष मुझे कैसे दोगी? अब? इस छलना के बाद—यह विश्वासघात!

रानी : अच्छा? बोलिए! मानिए जो मानना है। किन्तु बलि की विधि मैं नहीं मानूँगी। कदापि नहीं।

[अचानक अट्टहास सुन पड़ता है दूर से। रानी अचरज से उधर देखती है। मंच का प्रकाश बदलता है। राजमाता पटल के पीछे हँसती हुई प्रवेश करती हैं। राजमाता में स्फूर्ति और उत्साह भरा है— नृत्य करती प्रेतिल काया— पहले देखा व्यक्ति नहीं है यह जैसे।]

राजमाता : (हँसती हुई) धन्य हो—उत्तम। उत्तमोत्तम! लो, और भी शक्ति ले लो तुम।

रानी : क्या चाहती हैं आप!

राजमाता : हमें अपने सारे आवरण उतारकर एक दूसरे के समक्ष होना चाहिए—शुद्ध नग्न। उतारो वस्त्र। कोई और नहीं है यहाँ। कोई और हो भी नहीं सकता यहाँ।

रानी : यहाँ क्यों आई हो आप?

राजमाता : बलि को कभी मत स्वीकारना। अस्वीकारो...। वह मिन्नतें करेगा तेरी—पिघलना मत। यही बताने आई हूँ मैं।

रानी : आप अब क्या करना चाहती हैं?

राजमाता : मैं ? क्यों ?

रानी : अचानक यह नया अवतार ? कोई नई लीला है ? नई प्रणाली।

राजमाता : शंका मत करो। सच में यही चाहती हूँ मैं। तुम बलि के लिए हाँ मत करो। उसकी प्रार्थनाओं से ढलना नहीं। तू जितना अस्वीकार करेगी उतना ही मेरा पुत्र तड़पेगा। तड़पने दो।

रानी : आपको मुझसे घृणा है—मैं महल आई तभी से।

राजमाता : इस संसार में एक ही सम्बन्ध ऐसा है जो कभी क्षीण नहीं होता—जिसका रंग कभी धुँधला नहीं होता। वह घृणा का सम्बन्ध होता है। वह हमें सदा साथ जोड़े रहेगी। जब तक मेरा पुत्र जैन रहेगा ये सम्बन्ध भी ऐसा ही रहेगा।

रानी : आप से मुझे अपने धर्म की बात नहीं करनी।

राजमाता : तुम्हारे धर्म की चिन्ता नहीं मुझे। अपने पुत्र की चिन्ता है।

रानी : रक्त स्नात—बलि, महाक्रोध और लहू भरे...वातावरण में पाला आपने पुत्र को—हिंसा के बीच बड़ा किया। स्वाभाविक है कि—वह हिंसा से दूर जाएँगे ही। बहुत भले और सज्जन हैं वह।

राजमाता : तू क्या जाने हिंसा क्या होती है ? वेदना, पीड़ा भी तू कैसे जानेगी ? इतनी ही विरक्त है रक्त से—अपना कौमार्य भंग भी न किया होता।...बहुत वर्षों तक मुझे भी गर्भ नहीं हुआ—नि:सन्तान थी—और एक दिन—मैं गर्भवती हुई।

[रानी विमुख हो जाती है।]

रानी : मैं नहीं जानना चाहती।

राजमाता : निश्चय ही, तू क्यों जानना चाहेगी ? तेरी तो कोख भी फिसलती रहती है। पहले गर्भ-भ्रम और फिर गर्भपात।...मेरी कोख तो लोहे ढली है।...हम सब आनन्द विभोर थे—कि प्रसव वेदना आरम्भ हुई...बच्चा बाहर ही न आवे—। लोगों ने कहा—भ्रूण कोख के भीतर उलटा अड़ा है। चार दिन और चार रातें...मैं वेदना में चीखती रही। मृत्यु की प्रार्थना करी...बस मेरा बच्चा बच जाए। अन्ततः उन्होंने

मुझे भूमि पर गिराकर मेरे हाथ और पैरों को बिथार दिया खींचकर—चील के रूप में जैसे, और धाय ने मेरी कोख में अपना हाथ ठूँसकर गर्भाशय में ही बच्चे को घुमाकर सीधा किया और बाहर खींच निकाला। मैं चीख रही थी —मेरे मुँह में कपड़ों की पट्टी ठूँस रक्खी थी—फिर भी ओह! तू तो कल्पना भी कैसे करेगी कि मुझ पर क्या बीती तब। लगा कि मैं मरी। मैंने शिशु को एक दृष्टि भर देखा—लगा यह विदा की दृष्टि है—देखा, वह लहू में लथपथ मेरी गर्भ-नाल में आधा लिपटा हुआ...और मैं हँसने लगी।...मैं जी गई। मैंने, हाँ, उसे रक्त में डुबोया था—किन्तु तू, तू उसे अपराध में डुबो रही है।

रानी : मैं इस चढ़ावे को कभी नहीं स्वीकारूँगी।

राजा : *(अँधेरे से)* नहीं। ऐसा नहीं कहो।

राजमाता : उसके घाव में छुरी दबाकर घुमाती रहो। वह स्वयं को चाबुक मारता रहे और उसी में आनन्द भी ले—आत्मघृणा का आनन्द! वह स्वयं ही तो बलि है—दीखता नहीं तुझे? उसका रक्त बहने दे—देवता प्रसन्न होंगे। ठीक!

रानी : बीभत्स हैं आप।

[राजमाता हँसती हैं। हँसती हुई अदृश्य हो जाती हैं। प्रकाश बदलता है।]

महावत : स्वामी...मेरा बोलना ठीक नहीं...तो भी...ये आप, अपने साथ ठीक नहीं करते हैं। इसका कोई कारण नहीं स्वामी। मैं इतना ही बोलता कि स्त्री कभी गिरती भी है न...लेकिन उससे क्या सब नाश होता?...नहीं। अब मुझे देखो...मैं इतना कुरूप...मैं भी जानता हूँ—लोग कैसे-कैसे गाली देते। लेकिन मैं आप से बोलता...। मैं बहुत तरह की स्त्री को जानता। सुना...स्त्री...छै तरह की होती है...। छै...

राजा : *(गम्भीरता से)* सातवीं कैसी होती है?

महावत : *(चकित)* मैं बस छै ही समझता था।

राजा : उस सातवें प्रकार के विषय में लिखा ही नहीं गया। वह, पुरुष के मांस में अपने दाँत गड़ा देती है। —लहू पीती है। —उसकी आँतों को खींच निकालती है—धागों की तरह। फिर भी पुरुष का मन...फिर भी हँसता है, और गाता है—गीत।

महावत : *(हँसता है)* आप मसखरी करते हो स्वामी! नहीं? थोड़ी देर तो आप ने मुझे चकरा दिया स्वामी।...लगा आप बहुत भीतर से, पक्का बोल रहे हैं। लेकिन स्वामी ऐसा नहीं—नहीं। अपना-अपना जीवन है। तो उसको कैसे भी, ऐसे भी बस जी लेना है। और क्या नहीं तो—खेल है बस। मैं ऐसा ही मानता।...आप भगवान को मानता...स्वामी? अरे बिल्कुल नहीं है न? आप तो...मैं भी मूरख हूँ—ये बात पूछने लगा। लेकिन मान लो आप भगवान मानता तो अभी कोई यहाँ तो होता न जिससे आप मन की बात कर सकते थे। कुछ बिचार ले सकते थे नहीं?...समझा न स्वामी मैं क्या बोला? उस पर आप हुकम नहीं चला सकता। माँग भी नहीं सकता। हाँ लेकिन बिनती कर सकता है—मन्नत। स्वामी मैं आप होता न—तो बिनती करता—देव रे! ऐसा क्यों हो गया?...आप मेरा हाथीघर में वो चमगादड़ को भेजा। क्यों? तभी तो हाथीवान हमारे जीवन में आ गया—क्यों? कोई तो हिसाब है न इसमें तुम्हारा। देवा!...और तब, हो सकता कि देवा कहेगा आप से—स्वामी ध्यान से—मैं नहीं बोलता ये। वो बोलेगा—कौन बोलेगा कि...वो कब क्या जवाब देगा। —इसी से तो वो ऐसा है—जैसा कि वो है! नहीं?...लेकिन मुझे ध्यान आया। देवा बोल सकता है कि अरे यह भी देखो कि इस में लाभ क्या हुआ?

राजा : लाभ? बिल्कुल उचित। हमने कभी लाभ का विचार ही नहीं किया।

महावत : है न? मैं क्या बोला? देवता से बोलो—बिनती करो—वो आप को सब नया करके दिखाएगा स्वामी! लाभ?...अब

स्वामी...रानी जी के बारे में—एक दो बात पर मैंने ध्यान दिया। कहे तो...

राजा : ध्यान दिया है। अच्छा बताओ।

महावत : उनके कन्धे पर यहाँ, छू कर, थोड़ा हल्के से रगड़ो। फिर देखो स्वामी कि क्या होता है!

राजा : दाहिना कंधा!

[रानी के पास जाकर उसके कन्धों को ध्यान से देखता है।]

दाहिना यहाँ न ? समझा। ध्यान रखूँगा। आगे। इतना जानता था कि कभी-कभी यहाँ नीचे थोड़ा दबा दो, फिर सहलाओ, नीचे नितम्बों के पास—तो बड़ा प्रभाव होता है—जादू-सा। किन्तु यह दाहिने कन्धे वाला बिन्दु—एकदम नवीन है मेरे लिए—वाह।

रानी : बहुत हो चुका राजन्! ये कठिन होगा स्वयं आपके लिए।

राजा : *(टालता हुआ— महावत से)* और कोई...कोमल बिन्दु... कामकोष?

रानी : सावधान!...मैं कोई मांस का लोथड़ा हूँ कि आप उठाकर उसे— झिंझोड़ते रहेंगे।

महावत : छमा करो रानी जी—मैं आपको कष्ट नहीं देना चाहता था—ऐसे ही मसखरी में बोला, आपस में, तीनों में। बस आप समझ लो चोट नहीं करना चाहता था मैं...रानी जी।

रानी : *(राजा से)* आप भी ऐसा कैसे...कैसे... ?

राजा : पंडित है—सच में संत है—गुरु —सिद्ध दैवी! रति विद्या में, सौन्दर्य में।

महावत : स्वामी...महारानी सुन्दरता को जानती हैं—चिन्ता नहीं। बताऊँ—जैसे ही भीतर आईं—इन्होंने बत्ती बुझा दी पहले। सब जानती हैं, क्या करना है—कैसे-कैसे!

राजा : *(अचानक)* बहुत हो गया। चले जाओ तुम यहाँ से।

महावत : ना, ना। मैं नहीं जाता। कहीं नहीं जाऊँगा मैं। यहीं रहूँगा।

मैं इधर पहले आया। मैं आया, कुछ पीने, और नींद करने। वही करूँगा। पल भर भी फुरसत नहीं अपने लिए—। ऊपर से ये तमासगीरी सहना...। सोचता था—चलो—चलते हैं इधर से—। लेकिन अब नहीं। अब मैं यहीं रहूँगा।

[एक कोने में जाकर बैठता है— बोतल निकालकर लम्बी घूँट भरता है।]

हाँ...एक बात और! आप कमर पेटे में तलवार क्यों लटकाते हो, उसका आप कोई...प्रयोग करना नहीं तो...ये लटकाना... झोंपड़े की छोटी चिड़िया की चोंच में...दाँत की तरह...बेकार है। एकदम बेकार।...अच्छा। छमा करना...। मैं बस...आप करो जो करना...।
कुकुड़ू-कू...कू...। *(डकारता है।)*
मैं कल सबेरे चला जाऊँगा। दूसरी चाकरी मिलेगी...उस के लिए कितना-कितना चलना पड़ेगा।...ठीक से आराम कर लेता हूँ। और सुन लो...इस देस में राजा लोगों की कोई कमी नहीं है। और सब जगह रानियाँ भी हैं।

[हँसता है...नशे में टुन्न हो जाता है।]

एक बात सुनो—मुझे फाँसी चढ़ाना है? सबसे बड़े पेड़ से, लोग याद रखेंगे—है न? एक काम करो—मेरी पुतली बनाओ आटे से—हाँ...।

[खिलखिलाता है।]

आटे की पुतली रस्से से बाँधकर लटका दो। अरे देवता को भी यही चढ़ाते हो जब—तो तुम्हारे लिए आटे की भी ठीक है न?

[विराम]

लेकिन—एक बात...आटे के पुतले से रानी का काम चलेगा—मन मरेगा ?...तेरा भला हो स्वामी।

[महावत चादर ओढ़ लेता है— सोता है— खर्राटे भरता है।]

रानी : *(शान्त भाव से)* कुछ फिर से न आरम्भ हो...इस प्रसंग में इसलिए पहले नहीं कहा क्योंकि मैं आप को चोट नहीं पहुँचाना चाहती थी।...वैसे यह बिल्कुल सच है।

[विराम]

जो हुआ उसका मुझे खेद नहीं। उसे अस्वीकार नहीं करूँगी—जो कुछ भी उसने मुझे दिया।

राजा : तुम...इतनी संवेदनहीन ? इतनी निर्लज्ज ? तुम...

रानी : क्योंकि...ये हो गया...बस। बिना मेरे चाहे। स्वतः हो गया। इतना ही सच है।

राजा : आपने क्षण भर इतना भी सोचा कि...मैं इसी योग्य था ?...जिसने इतने वर्षों आपको प्रेम किया सबकुछ से बढ़कर...आप...।

[महावत के गीत की केवल धुन पार्श्व से आती है।]

रानी : मैं, आपके पास सोई थी। उस के गीत से मैं जागी। वह गीत ऐसा था जैसे...। कैसे वर्णन करूँ।...सहसा वे स्वर मुझे सहलाने लगे। मुझे घेर लिया। खींच ले चले मुझे। उस क्षण न यह महल, ना स्वयं मैं, न आप, कुछ नहीं था। था मात्र वह गीत। लगा मैं अग्नि-शिखा हूँ—ज्वलित—प्रदीप्त—परिशुद्ध। चैतन्य हुई...तो मैं यहाँ थी—इसके पास। इतनी ही कथा है—यह ऐसे ही हो गया...बस।

[विराम]

और सुन्दर था...जो हो गया।

राजा : विश्वास नहीं होता...ये तुम्हीं हो! मेरे साथ ऐसा क्यों कर रही हो ?...क्योंकि...मैंने तुम्हें दोष दिया था—गर्भपात का...।

रानी : निश्चय ही नहीं।

[विराम]

लौटना चाहती हूँ तुम्हारे पास। अब मैं...लगता है अधिक पूर्ण हूँ—अधिक अनुभवी—अधिक उष्ण। किन्तु लज्जित नहीं...क्योंकि कोई योजना नहीं की थी मैंने। ये हो गया। और सुन्दर था।

[लम्बा विराम। राजा उसे घूरता है।]

क्षमा करें...यदि इस विधि पूजन से वह क्षण हुए से—मिट जाता है तो...वह सच में छल होगा। मैं यह नहीं करूँगी।...कुछ भी और...यह नहीं।

राजा : और कुछ भी? करोगी?

रानी : हाँ। वचन देती हूँ।

राजा : मेरी एक ही इच्छा है।

[विराम]

तुम! वापस आ जाओ। बस इतना ही। इसी के लिए यह सब। यह विधि-पूजन—यह...यहाँ...यह...मात्र तुम्हें वापस प्राप्त करने के लिए।

रानी : तुम्हारी हूँ मैं। यह कभी नहीं दुहराऊँगी।

राजा : प्रमाण दो!

रानी : *(अनिश्चित भाव से)* दूँगी। घर चलिए।

राजा : नहीं। यहाँ।

रानी : क्या चाहते हैं आप?

राजा : प्रमाण दो कि तुम मेरी हो। रहोगी? यहाँ। अभी! इसी मन्दिर में। अन्ततोगत्वा—सभी कुछ यहीं तो हुआ न? यहाँ—इस अनुपस्थित देवता के—समक्ष!

[रानी अचरज और घबराहट से महावत को देखती है जो सोया है]

राजा : वचन दिया है तुमने। प्रात: से पहले। मैं और कुछ नहीं माँगूँगा। आओ।

[राजा हाथ बढ़ाता है— रानी थामती है। राजा कोमलता से रानी को उधर ले जाता है जहाँ महावत सोया है। फिर अपने कमरबन्द से तलवार खोलता है— रानी की ओर मुड़ता है। रानी भयभीत खड़ी है। राजा उसके पास आता है।]

रानी : *(डरी हुई)* आपको हुआ क्या है? क्या कर रहे हैं आप?

राजा : तुमने वचन दिया है।

रानी : किन्तु...तुम ऐसा नहीं कर...यहाँ नहीं।

राजा : अवश्य। यहीं।

[राजा उसके सामने घुटनों पर बैठता है और रानी को भी खींच लेता है। कोमलता से— प्राय: मिन्नत करता हुआ— रानी के घुटनों पर। फिर रानी भी घुटनों पर बैठती है। उसके सामने। राजा उसके वस्त्र हटाने लगता है। पल्लू हटाता है— महावत नींद में बर्राता है। भयभीत रानी राजा को ताकती है। राजा कोमल स्वर में।]

राजा : घबराओ नहीं। जागने दो उसे। देखने दो। क्या अन्तर पड़ता है? पूरे संसार को देखने दो। ईश्वर की दृष्टि में हम संयुक्त हैं—दम्पति। हमें कैसी लज्जा? हमें लज्जा-भाव को भी उतार देना है—मुक्त। नग्न। जैसे—हमारे संत।

[राजा उसके केश ढीले करता है। रानी के कन्धे का चुम्बन करता है। वक्ष पर हाथ फिराता है। कोमलता से— माँग पर चुम्बन करता है। रानी कम्पित होती

है। राजा उसकी चोली के बन्द खोलना चाहता है— तभी महावत नींद में फिर बर्राता है। रानी प्रतिक्रिया में चिहुँकती है। छूटने का प्रयत्न करती है लेकिन राजा भाँप लेता है और दोनों में खींचतान होती है। महावत चौकन्ना होकर बैठ जाता है।]

रानी : *(क्रोध से)* छोड़ो...परे हटो मुझसे।

[रानी राजा को एक ओर धकेल देती है और स्वयं अलग लुढ़क जाती है। राजा बलपूर्वक उस तक वेग से पहुँच जाता है और रोक लेता है। हँसता है।]

राजा : पंछी ने हमारे लिए कोई विकल्प नहीं छोड़ा? देखती हो न?...कोई विकल्प नहीं!

रानी : हट जाओ...मैंने कहा।

[रानी क्रोध और अपमान से काँपती है— लगभग रोने को। अचानक महावत की ओर जाती है— उसकी चटाई पर— वहाँ से पलट कर राजा को अवज्ञा से देखती है।]

राजा : हाँ-हाँ। जा उसी जंगली वनमानुष के पास—वह वीभत्स पशु...।

[महावत अब तक बैठा जैसे नशे में इनको देख रहा था। जो हो रहा था उसको समझे बिना। अब उसमें प्रतिक्रिया होती है।]

महावत : बस्स! बहुत हो गया।

[उठकर]

बहुत हो गया। बोला न। बहुत सह लिया। अब और नहीं। अपमान करता...गाली पर गाली। आगे और नहीं।...सुनो...

वो तुम्हारा आटे का खिलौना उठाकर इधर से भाग जाओ। जा इधर से—बाहर जा। होगा तू राजा गाजा...कटवा देगा मुझे टुकड़ा-टुकड़ा—कल कटवा देगा न। लेकिन—कल...कल होता न। अभी मैं बोलता—सो करो...अभी...। उठा वो...चुपचाप चला जा...इधर से बस्स।

[राजा का हाथ आदतन तलवार की तरफ़ बढ़ता है लेकिन पेटी में तलवार नहीं।]

महावत : रुक जा राजा...तलवार ऐसी खोजता है—हाथ में खुजली के जैसे...अरे उठा वो झंझट ले जा उसे...अभी तुरन्त।

[विराम]

अरे जैसा मैं बोलता हूँ वैसा करेगा या नहीं करेगा—बोल।

[दोनों तनावपूर्ण एक दूसरे को ताकते हैं।]

तू नहीं मानेगा। तो ले मैं ही पूरा करता हूँ कांड।

[महावत कुक्कुट उठाने के लिए आगे बढ़ता है। फिर रुक जाता है।]

रानी : करो करो। रुको नहीं। अब हिचको मत। बाहर फेंक दो इसे।

[महावत रानी को देखता है। फिर कुक्कुट को।]

रानी : घबराओ नहीं महावत! बढ़ो और समाप्त कर दो...तुम्हें कुछ नहीं होगा—मेरा वचन है—विश्वास करो।

[विराम]

रानी : बढ़ो!

[महावत धीरे-धीरे पीछे मुड़कर आने लगता है।]

रानी : कायर!

[महावत अपने कोने में जा कर अपनी चटाई समेटने लगता है। अपनी छोटी वस्तु]

कायर! सुना तुमने—वनमानुष! जंगली। कुरूप पशु कहा तुम को उसने। मैं तुम्हारे साथ हूँ—फेंको सब—फेंको उस पर—तुम...तुम।

महावत : *(शान्ति से)* रानी जी! साँप के बिल में हाथ डालना है न? आप डालो।

रानी : *(महावत की नकल उतारती हुई)* तो हमारे कुक्कुट ने—हमारे हाथीवान को भी डरा दिया। अर्थात् अब मुझे इस आटे के कुक्कुट से सम्भोग करना होगा—हाय।

राजा : सावधान! इनका उपहास नहीं।

रानी : कुक्कुट का उपहास...! नहीं...राजन कदापि नहीं। वह बनमानुष भी अशक्त है इसके समक्ष। ठीक है—तो मैं ही उठा फेंकूँगी इसे।

[रानी उसे उठाने कुक्कुट तक पहुँचती है।]

राजा : अमृतामती! ऐसा नहीं...

[दूर से रानी को राजमाता की हँसने की ध्वनि सुन पड़ती है। वह रुक जाती है।]

राजमाता : हाँ! उसके घाव में दबाकर मरोड़ती रहो अपनी छूरी की धार—और गहरी—हाँ दुःखने दे...बहे चाहे रक्त की धार...

राजा : कृपा! ऐसा नहीं करो—विनय करता हूँ आप से।

[रानी घूरती है—फिर चहूँ दिस दृष्टि घूमती है—जैसे किसी तन्द्रा से अब जाग रही हो।]

महावत : आप दोनों...सुनिए। ए सब से खेल नहीं स्वामी! ये शक्ति देवा है। उधर देखो वो, ऊपर—चमगादड़ सब...छत से

उलटा लटका है सब...चुपचाप—देख रहा है वो सब। हम को देखता है। किसी का इशारा के लिए रुका है...जाओ—अब इधर से। कोई ओझा गूनी मन्तरवाला—लाओ इधर। वही ठीक करेगा ये। मैं बोलता हूँ...सुनो। मान लो स्वामी! रानी जी! ये ऊपरवाला सब आप लोगों को काटेगा... खाएगा—जाओ जाओ वापस अपने राजमहल में।...मैं...मैं ये देस नगरी छोड़ दूँगा—चला जाऊँगा। कहीं भी...

[विराम]

रानी : *(कोमलता से)* ठीक। जाओ। रोकूँगी नहीं।

महावत : दुहाई रानी जी! कभी नहीं भूलूँगा...आप को।

[प्रस्थान करता है। विराम। रानी राजा की ओर पलटती है।]

रानी : वह चला गया। वह क्षण भी गया।
पीड़ा दे रही हूँ आपको। अब सुनिए...मैं प्रेम करती हूँ...तुम्हें। आप की पीड़ा...मैं नहीं चाहती ये। *(विराम)* मैं बलि करने को प्रस्तुत हूँ।

राजा : प्रस्तुत हो?

रानी : हाँ।

राजा : तो आइए।

[राजा तलवार उठाता है। रानी भी अपना हाथ तलवार की मूठ पर रखती है।]

गायक : ओ, नौ-नौ नव चन्द्रमा के पाखी।

सूत्रधार (स्वर) : *(स्वर)* चिड़िया—कुक्कुट! आशीष दो
हम को उबारो हमारे
अँधेरों से—पाप हमारे काटो।
शाप तुम्हारा मात्र शब्द नहीं है वह
नवजात शिशु की मरती साँस है

पसरता वह कँटीला नागफनी
उगा है उजला फाड़ता
पिंजर—हमारी पसलियों का, पिंजर

अब तुम्हीं विष को उतारो बीज से
कुंद करते जंग हटा लो खड्ग की धार से
पुष्प के पराग से कीट को निकालो

बचा लो तुम्हीं, बचा सकते तुम्हीं
ओ कुक्कुट—अरुणशिखा दैवी
हो तुम—पाखी, बचा लो हमें।

[राजा तलवार को कुक्कुट पर धँसाता है—और कुक्कुट बाँग देने लगता है।]

कुकड़ू कूँ कू कू—कुकड़ू कू ऊ ऊ...कुकड़ूँ—

[पूर्ण मौन चुप्पी। राजा तलवार छोड़ देता है।]

राजा : यह क्या... ? वह स्वर ? वह ?

रानी : यह जीवित है। कुक्कुट। बोल रहा है। कुक्कुट के ये बोल...

[रानी की हँसी छूटती है।]

रानी : कुक्कुट बोला—कुकड़ूँ कूँ—

[कुक्कुट के सामने घुटनों पर बैठती है। हथेली भर कर अन्न उठाती है—थाल से और हथेली उसके सामने करती है।]

लो...खाओ...आजा...खा...कूकड़ूँ कू...कुकड़ू

राजा : बन्द करो। बन्द करो यह।

रानी : आओ न। मानो भी...लो लो न ?

राजा : *(चीखता है)* अमृतामती!

रानी : कुक्कू-कू कू...लो लो...खा लो कुछ तो।

राजा : मतिभ्रष्ट हुई है आपकी? यह जीवित नहीं—यह तो आटा है मात्र...

रानी : *(अनसुने भाव से)* आओ आओ—कोक्कू...खाओ खाओ। खा, लो...।

[जैसे किसी बच्चे को गाती है।]

राजा : कहा न—बस करो। इधर।

[राजा कुक्कुट को उठाकर पटक देता है। वह आटे का लोथड़ा है।]

राजा : देखो...आटा। केवल अनाज वाला आटा।

[रानी ऊपर देखती है। राजा की ओर अचानक घृणा की दृष्टि से— तलवार उठाती है— लपकती है राजा पर तलवार भोंकने को। रानी जड़ हो जाती है। तलवार को घूर रही है जो उसके हाथ में है। डरी हुई। बाहर से एक मुर्गे की बाँग सुनाई पड़ती है। इससे राजा भी चौंक जाता है। वह द्वार की ओर मुड़ता है।

अचानक रानी तलवार की नोक को अपने गर्भ स्थान पर तानती है— स्वयं को तलवार पर ढहा देती है। राजा की बाँहों में गिरती है— राजा उसे थामे है— समझ नहीं पाता, क्या हुआ। मुर्गे की बाँग सुनता है राजा— । मंच पर भोर होने का प्रकाश होता है। राजा-रानी पर आलोक पुंज पड़ता है। दोनों उठते हैं— और गाते हैं।

राजा-रानी : यह संसार कभी हुआ
विखंडित दो गोलार्द्धों में

एक-दीप्त दिवाकर से
दूजा लुप्त उसी की छाया में

वही गुप्त गोलार्द्ध खुल रहा
अब ज्योति की दिशा में अभय,
                    उद्दाम वह—
है जहाँ उष्ण ताप महासूर्य्य का।

रात ढलती है—दिन बन जाती वही
मृत्यु झुके ज्यों जीवन की ओर
ऋतु-मालिका निरन्तर है—
मनकों-भरी-ऋतम्भरा वह
वैसे ही जीवन के पीछे अहरह
होती है जीवन की दौड़—
जीवन के आगे जीवन की दौड़।

फिर दिन-प्रतिदिन
और अनन्त बरसती रातों में
सुनते ही रहते हम
कुक्कुट की केंकार/केंकार/केंकार।

❑❑❑

बलि के नाट्य प्रस्तुति के दृश्य

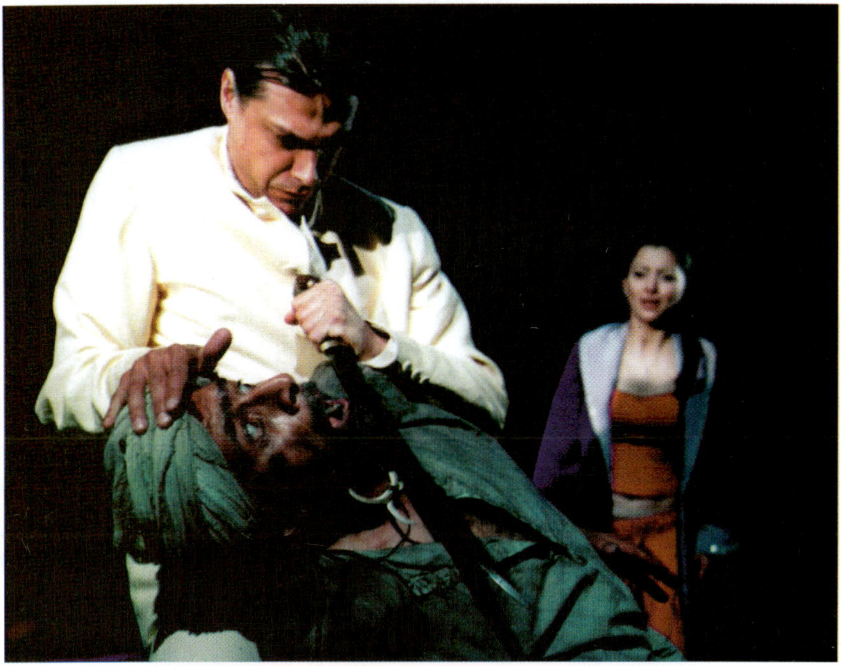

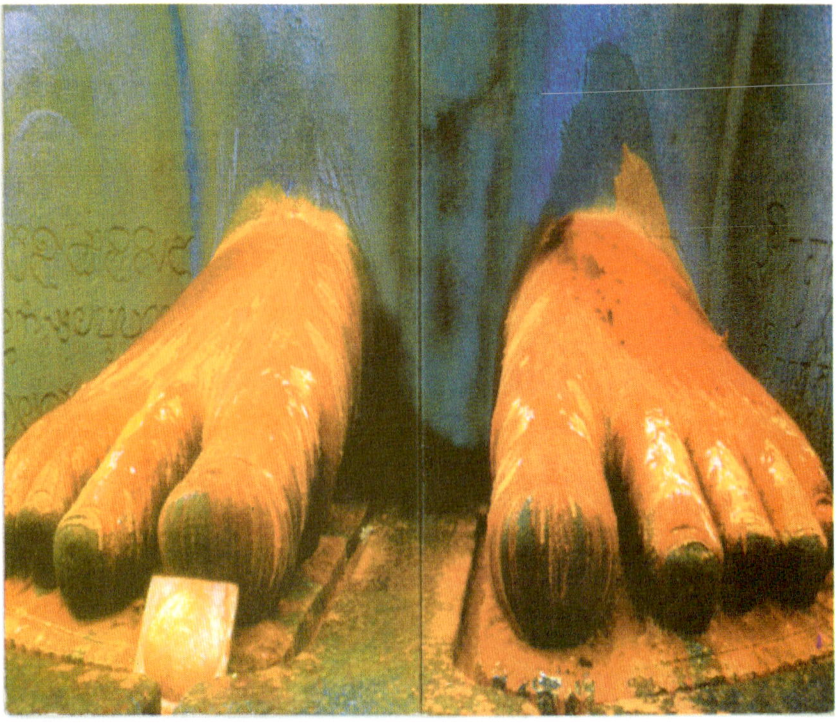